Wär Seligkeit für mich
»appassionato et capriccioso«

Anna Aldrian

ANNA ALDRIAN

Wär Seligkeit für mich

»appassionato et capriccioso«

STORIES & FRIENDS

1. Auflage – 2014

Alle Rechte vorbehalten
Copyright © 2014 by STORIES & FRIENDS Verlag e.K.
Lehrensteinsfeld bei Heilbronn
Cover Bild: © Maruba - Fotolia.com
Layout & Satz: STORIES & FRIENDS Verlag
Druck und Bindung: CPI Books, Leck
ISBN 978-3-942181-55-6

www.stories-and-friends.de

INHALT

Wolfgang Amadeus Mozart – *Die Zauberflöte*
WÄR SELIGKEIT FÜR MICH　　　　　　　　7

Franz Schubert – *Die Forelle*
DER FISCHER MIT DER RUTE　　　　　　21

Antonio Vivaldi – *Le Quattro Stagioni*
VIVALDIS FÄCHER　　　　　　　　　　49

Joseph Joachim – *Violinkonzert in d-Moll*
JOJO. ROMANZE IN G　　　　　　　　　83

Ludwig van Beethoven – *Klaviertrio D-Dur*
GEISTERTRIO　　　　　　　　　　　　107

Richard Wagner – *Tristan und Isolde*
ISOLDE IM SCHNEE　　　　　　　　　143

Johannes Brahms – *Sonate für Klavier und Violoncello*
DIE FARBEN DES CELLOS　　　　　　　155

Georg Friedrich Händel – *Ankunft der Königin von Saba*
DIE KÖNIGIN VON SABA　　　　　　　169

Wolfgang Amadeus Mozart
DIE ZAUBERFLÖTE
Wilhelm Furtwängler, Salzburger Festspiele 1949

CHAMAMÉ CORRENTINO
Volksmusik, Polka, aus Nordargentinien

GUARANIA
Volksmusik, langsam und expressiv, aus Paraguay

WÄR SELIGKEIT FÜR MICH

Wem, frage ich mich, wem wird schon eine 500 Hektar große Hazienda um 10 Uhr vormittags durch den Türspalt geschoben?

Mir, Musikstudentin, Untermieterin in einer Altbauwohnung mit renovierungsbedürftigem Flair! Jetzt, im Spätherbst, zieht es schon unangenehm kalt herein durch den Schlitz zwischen Tür und Boden.

Nie mehr Frieren – »... wär Seligkeit für mi-ich, wär Seligkeit für mich«, summe ich, übermütig herumhüpfend wie Papageno.

Dort im Süden, knapp unter dem Wendekreis des Steinbocks – ist da jetzt Frühling? Oder legt sich die Hitze wie damals im November übergangslos nach einigen extrem feuchtkalten Tagen *über den Wald*, wie die Einheimischen sagen, wenn sie den Urwald meinen. Ein krudes Deutsch reden sie, diese Ururenkel von deutschen Bauernsöhnen, die in den Hungerjahren nach dem Ersten Weltkrieg nach Paraguay ausgewandert sind. Don Neco, der Absender des Briefes, ist einer von ihnen, ein Colono, ein Kolonist.

»Werthe Kusine«, schreibt er am Ende des Briefes, »wir sind erwartend Ihre geflissentliche Antwort.«

Ich bin niemandes *Kusine* dort unten, aber gut, sie haben mich tatsächlich wie eine Verwandte aufgenommen. Der Hinweis auf den schlesischen Onkel meines Vaters hat genügt: Wenzel Kopietz, der als bitterarmer Häuslersohn 1921 in Bremen mit der Gotha Richtung Buenos Aires ausgelaufen und von dort als Landarbeiter von Hazienda zu Hazienda gezogen war, um schlussendlich in Südparaguay eine deutsche Kolonistin zu heiraten und den Traum seines Lebens – einen eigenen Bauernhof – zu verwirklichen.

Ich habe auf meinem Südamerika-Trip – ist das nicht genau ein Jahr her? – als Billigtouristin einen seiner zahlreichen Nachkommen in Asunción aufgespürt: Gerardo Kopietz, der als LKW-Fahrer der Landwirte-Genossenschaft Colonias Unidas genug Kontakte besitzt, um mich unter den alten Einwandererfamilien im Süden des Landes herumreichen zu können.

Schön ist es dort. Sojafelder auf welligem Hügelland, dazwischen da und dort in lichtgrünen Streifen bereits aufgegangene Getreide-Nachsaat. Rundum, immer das Ackerland bedrängend, der tropische Urwald. Papageienschwärme, die die Maissaaten auszupfen, Tukane in den Kronen der Kokospalmen, Affen, Wildschweine, ganz selten ein Tapir. Mir ist dieses exotische Viehzeug nicht über den Weg gelaufen, aber Neco Schulze hat mich an Hand seiner Trophäen detailliert über die Fauna der Colonias unterrichtet.

Mich, die *werthe Kusine aus Alemania*, die als dekorativer Aufputz in das Fest seiner Silberhochzeit geraten ist. In Edelira war das, wo die Felder nur noch Einsprengsel sind zwischen *dem Wald* und dem kilometerbreiten Paranáfluss.

Ein einfaches, aber weitläufiges Holzhaus, Tische unter den hohen Araukarie Tannen, eine Grube mit Holzkohlenfeuer, darüber Spieße mit Unmengen von leicht verkohlten Fleischbrocken. Die zahlreichen Schulzes, flachshaarig die einen, dunkelgelockt die anderen, sprachen mich auf Deutsch an, aber nach drei, vier bemühten Sätzen stockte die Unterhaltung, sie waren mit ihrem Wortschatz am Ende. Sie redeten Spanisch miteinander, vermischt mit der Indiosprache Guaraní, genauso wie die Wodrowskis, der Clan von Necos polnischstämmiger Frau.

Die Chamameros spielten auf, fünf ältere Musiker mit Akkordeons und Gitarren. Ihre Chamamé-Musik erinnerte mich an die Polka Française, die meine Großmutter getanzt hatte. Dann und wann schluchzte ein Akkordeon auf, doch gleich schob sich ein drängender, hackender Rhythmus darüber – war ich auf die bäuerliche Urgroßmutter des Tangos gestoßen? Auf dem buckligen Grasboden, mehr hüpfend als sich drehend, pressten sich die Paare aneinander, Kopf an Schulter, Knie an Knie, fast bis zum Kniefall einknickend. Neco, der korpulente Silberbräutigam, dirigierte auch mich in Balzfiguren um die Tische herum; mir wurde ganz heiß dabei.

Jetzt, ein Jahr später, friere ich in meiner Bude, und dieser Señor, Neco Schulze, eröffnet mir in seiner runden, linkslastigen Schrift, dass er mir eine Mitteilung »von großer Traurigkeit« machen müsse. Dass der »ehrenwerthe Bürger der Kolonie Edelira, Señor Carlos Fensterseifer« gestorben sei. Ich möge das tief empfundene Beileid entgegennehmen und sei zur Universalerbin eingesetzt. Im Fall, dass ich das Erbe nicht annähme, sei die Cooperativa Colonias Unidas erbberechtigt, er, Neco, sei ein Mitglied der Comisión Directiva und befugt, mich diesbezüglich zu befragen.

Eine Hazienda in Paraguay, das werde ich nicht ausschlagen, lieber Don Neco. Auch wenn du mitsamt deiner Genossenschaft mit dem Fensterseifer-Erbe liebäugelst!

Wie, frage ich mich, wie bin ich zu diesem Erbe gekommen? Don Carlos Fensterseifer – und jetzt überfällt mich doch die Wehmut –, an ihn erinnere ich mich gut.

Necos Fiesta erschöpfte sich in der Spätnachmittagshitze, die Musikanten tranken Bier und ich, diese Temperaturen nicht gewohnt, ließ mir ein paar Mal zu oft vom argentinischen Rotwein nachschenken. Entsprechend illuminiert ist mir immer nach Gesang zu Mute, dann pflege ich beschwingt die Arie der Königin der Nacht anzustimmen und mich furchtlos in das dreigestrichene ›f‹ hinauf zu gicksen. Noch war es nicht ganz so weit mit mir gekommen. Da sah ich, dass sich etwas Schuppiges an meinen Füßen durch das Gras schlängelte.

»Zu Hilfe! Zu Hilfe! Sonst bin ich verloren«, sang ich beschwipst die Aria des Tamino. »Zu Hilfe! Zu Hilfe! Sonst bin ich verloren! Der listigen Schlange zum Opfer erkoren! Barmherzige Götter!« Unpassend in diesem Ambiente, peinlich in meiner Erinnerung, aber mit einer unverhofften Wirkung: Der ältere Herr neben mir sprang auf, trat nach der Schlange und deklamierte: »Stirb, Ungeheu'r, durch meine Macht! Triumph! Triumph! Es ist vollbracht!«

Ich war perplex. Ein zuckender Schlangenleib, aus dem Rotes sickerte, und die passende Textstelle aus der Zauberflöte!

»Nein«, rief ich, »ich glaub's nicht!«

Der kleine Mann mit dem Schnauzbart lächelte mich komplizenhaft an. »Zauberflöte, 1. Akt.«

Wo war ich denn? Am Rande des Urwalds, zwischen bäuerlichen Colonos, dunkelhäutigen Akkordeon-Spielern, Chamamé-Tänzern und Biertrinkern.

»Ich habe keine schöne Stimme nicht«, entschuldigte sich der Herr, »sonst würde ich mich ermutigen und singen: ›Dies Bildnis ist bezaubernd schön‹. Für die Señorita aus Alemania.«

»Aber wie«, fragte ich verblüfft, »wie kommen Sie zur Zauberflöte?«

»Ich erkläre es Ihr mit Vergniegen«, sagte der Señor in seinem seltsamen Deutsch.

»Carlos Fensterseifer, Notar, zu Ihren Diensten.« Dabei verbeugte er sich feierlich, nahm meine Hand und küsste sie.

»Kommen Sie sich mit mir, dann sind wir beide geholfen und Sie werden sich verwundern.« Er zeigte auf ein schmuckes Pferdewägelchen, das abseits von den Jeeps und Traktoren der übrigen Besucher stand.

Es fiel den Trinkenden nicht auf, dass wir uns davonstahlen. Don Carlos strahlte, sein Schnauzer leuchtete in der Abendsonne im gleichen Rotbraun wie die Erde des schmalen Wegs, auf dem er mich dahinkutschierte.

Fensterseifers Casona war ein lang gezogener, weiß gekalkter Kolonialbau. Pedantische Ordnung im Hof, im Gatter Enten, Truthähne, Schafe, Nandus, die südamerikanischen Straußvögel. Gleich dahinter begann leicht ansteigend der Urwald.

Als Don Carlos mir vom Wagen half, deklamierte er mit ausladender Gebärde, auf das Haus mit der Säulengalerie hinweisend: »In diesen heil'gen Hallen kennt man die Rache nicht!«

Wenigstens sang er nicht. Und Rache passte sicherlich nicht zu diesem artigen Notar.

In der Halle des Hauses hatte eine Kommode mit einem altertümlichen Plattenspieler den besten Platz inne. Herr Fensterseifer wieselte herum, bot mir einen Sessel an, stellte zwei Gläser mit Rotwein auf den Tisch, zog sorgfältig eine bestickte Decke vom Trichter des Grammophons und legte behutsam eine Langspielplatte auf. Eine uralte Aufnahme, kratzend, mit Nebengeräuschen. Klar, die Zauberflöte, kein bisschen *remastered*. Das Rauschen verursachte mir Schmerzen in den Ohren. Ich wollte aufstehen und dem entfliehen, doch der gute Fensterseifer sah mich so glückstrahlend an, dass ich freundlich nickend im Sessel kleben blieb. Irgendwann hörte ich das Rauschen nicht mehr, nur die unglaubliche Leichtigkeit dieser Musik über einer ekstatischen Tiefe. Mich erfüllte das gleiche Hochgefühl wie den Advokaten mir gegenüber.

Ich merkte nicht, wie lang wir so dasaßen und zuhörten. Als das Duett Papageno-Pamina, »Mann und Weib, und Weib und Mann, reichen an die Gottheit an«, in seiner vollkommenen Schönheit verklang, erhob sich Señor Fensterseifer, nahm vorsichtig die Nadel von der Platte und sagte: »Ich könnte das hören allezeit und immerzu. Aber es ist sich eine Stunde vergangen, seit wir weggefahren sind. Ich muss die Señorita zurückbringen.«

Der Bann war gebrochen. Ich bin mit der Zauberflöte vertraut und war mir sicher, dass dies nur der Mitschnitt der Salzburger Furtwängler-Aufführung gewesen sein konnte. Das Plattencover hätte ich dennoch gerne gesehen, doch Fensterseifer hatte nur eine provisorische Hülle aus Karton und Plastikfolie.

»Wie kommen Sie zu dieser Musik«, fragte ich.

»Ich erzähle es der Señorita, wenn sie einen kurzen Weg mit mir zu spazieren geruht«, sagte Fensterseifer.

Wir verließen das Haus, um einen schmalen, stark ansteigenden Pfad zu nehmen. Bald schlossen sich die Baumkronen über uns – zum ersten Mal in meinem Leben war ich in einem richtigen Urwald.

Don Carlos trat mit dem Fuß nach einer Vogelspinne,

zog eine kleine Machete aus dem Schaft seines Lederstiefels und kappte das wuchernde Gesträuch.

Zwischen dem modrigen Grün wurde eine Gipsstatue sichtbar. Nein, natürlich nicht Gips, der wäre längst zerbröckelt. Behauener Stein. Oh Gott, eine hüfthohe zwergige Figur, ein zu groß geratener Kopf mit Zopfperücke! Wolfgang Amadeus, eindeutig erkennbar, wenn auch mit Flechten überzogen. Ihm gegenüber eine kleine steinerne Bank, wie man sie bei uns an Gräbern findet.

Das war zu viel!

Meine angestaute Rührung nach fünfundvierzig Minuten Furtwängler endete in einem kaum zu bändigenden Lachanfall. Glücklicherweise hatte Don Carlos etwas Huschendes an einem Baumstamm entdeckt und war mit einem Prügel hingelaufen. Als er zurückkam, hatte sich mein Lachreiz bis auf einige unartikulierte Gickser verflüchtigt.

»Nur eine große Eidechse«, beruhigte er mich.

Er setzte sich auf die Steinbank und begann in seinem altmodisch-lächerlichen Deutsch seine Geschichte zu erzählen. Er sei hier in Edelira geboren. Sein Vater habe noch fließend Deutsch gesprochen, seine Mutter nur Spanisch und Guaraní. Dass er die deutsche Sprache beherrsche, verdanke er einem Onkel. Der sei zwar weder verwandt noch versippt mit ihm gewesen, aber für ihn Tío José geworden. Aufgetaucht sei der Tío, als er, Carlitos, die Pflichtschule schon abgeschlossen hatte. Das sei ein feiner Mann gewesen, man munkelte Arzt von Beruf. Er habe diesen Beruf aber nicht ausgeübt, müsse Geld gehabt haben.

»Tío José hat sich darauf bestanden, dass ich mit ihm nur Deutsch spreche. Er redete viel mit meinem Vater, bis der mich weiter zur Schule schickte. Nach Encarnación. Ich machte den Bachiller-Abschluss und inskribierte mich an der juristischen Fakultät.«

Dieser Onkel sei es auch gewesen, dem der Plattenspieler gehört habe, und die Platte mit der Zauberflöte. Er habe ihm alles vorgespielt und erklärt: die Geschichte mit dem Ungeheuer und der Königin der Nacht, mit dem Prinzen und dem Vogelmenschen – und wer Mozart war. Nun, das sei Jahrzehnte her.

»Jetzt bin ich jubiliert«, sagte Don Carlos, und mein Spanisch reichte, um zu wissen, dass *jubilación* Pension bedeutet. »Und wieder da, wo ich mich angefangen habe.«

Er sei allein, seine Frau am Denguefieber gestorben und sein Sohn tragisch beim Absturz einer Avioneta umgekommen. Das Grammophon sei sein größter Schatz.

»Und Tío José, der Mozart-Fan?«, fragte ich.

Fensterseifer schaute mich fragend an: »Mozart-Fan?«

Stimmt, *Fan* ist ein Wort, das nicht in den Wortschatz von Don Carlos passte. Zu Mozart auch nicht.

»Der Mozart-Liebhaber«, verbesserte ich.

Den werde er nie vergessen. Der sei irgendwann verschwunden. Es heiße, er sei nach Brasilien gegangen. Damals sei er, Fensterseifer, ein aufstrebender Notar in

Encarnación gewesen, keine Zeit für Edelira. Aber die Platte mit der Zauberflöte sei ihm geblieben. Erst jetzt sei der verehrte Wahl-Onkel in seiner Erinnerung wieder sehr präsent, er hätte ihm gerne gedankt.

»Manche sagen, Tío José ist in Brasilien zu Tode ertrunken«, sagte Don Carlos traurig, »ich hoffe aber, dass er noch lebt. Und dass er eines Tages hierher gelangt«, die Augen des alten Notars glänzten, »dann werden wir zusammen noch einmal den Sarastro mitsingen: ›In diesen heil'gen Hallen kennt man die Rache nicht‹.«

Er hätte gerne, sagte er, auf die Mozart-Figur weisend, noch einen steinernen Sarastro und einen Papageno aufstellen lassen. Der Vogelmensch passe ja gut in den Urwald. Schlangen-Ungeheuer brauche man ja nicht aus Stein zu hauen, die gäbe es genug hier. Don Carlos lachte verschmitzt. Dann verschattete sich sein Gesicht. Letzten Endes würden nur die Schlangen bleiben, denn er, Fensterseifer, habe Krebs und würde es nicht mehr lange schaffen, dann würde der Wald seinen Mozart überwuchern und verschlingen.

Jetzt erinnere ich mich wieder, dass an dieser Stelle etwas aufgeblitzt war in seinen Augen, etwas wie eine rettende Idee. Als er mir die Hand reichte, weil der Rückweg nicht nur steil, sondern auch feucht-glitschig war, spürte ich verhaltenen Triumph in seiner Bewegung. Don Carlos war schweigsam geworden. Während er mich im Pferdewägelchen zur Fiesta der Schulzes und Wodrowskis zurückbrachte, summte er vor sich hin und schien in Erinnerungen versunken.

Schon von Weitem hörten wir weinseligen Gesang. War das nicht *Lustig ist das Zigeunerleben*? Woher sie das wohl hatten?

Unsere Ankunft wurde kaum wahrgenommen. Eben hatte sich der ältere Bruder der Jubilarin, Wladislao Wodrowski, genannt Walo, El Polaco, erhoben und befeuert vom argentinischen Rotwein ein Lied angestimmt.

Ein Pole, der in der Indiosprache Guaraní sang! Verlegen und ungeübt, doch auch mit einer Spur Stolz schwang er sich von Ton zu Ton und zeichnete einen weichen Melodienbogen in dieser fremdartigen Sprache an den Abendhimmel. Seine weißblonde Bäuerin, sonst immer im Hintergrund, fasste sich ein Herz und sang mit. Der dunkle Gitarrist mit den schräg gestellten trunkenen Augen hängte sich an, seine zweite Stimme tropfte mit süß schmeichelnden Terzen ins Ohr. Die Ziehharmonikas schwiegen und ein halb blinder alter Mann mit einem Bandoneon auf den Knien tastete mit herzergreifenden Akkorden dem Gesang nach. Schwermut senkte sich über die Festgäste, die sich in der beginnenden Dunkelheit um die Musiker scharrten.

Señor Fensterseifer verabschiedete sich von mir. Ein Handkuss, ein tiefer Blick, Einverständnis suchend, und eine rasche, angedeutete Umarmung.

Niemanden hat er gefunden, der für seinen steinernen Mozart die paar Quadratmeter wuchernden Urwalds zurückdrängen würde. Da hat er offenbar an die Mozart-Liebhaberin aus Alemania gedacht und ihr sein Haus vererbt, die ganze Hazienda als Draufgabe dazu.

Ein Paradies ohne Heizkosten ... Seligkeit für mich!
Gracias, Don Carlos. Danke, Wolfgang Amadeus!

Dem Brief Don Necos liegt noch ein Brief eines Rechtsanwaltes bei, in dem die Schritte erklärt werden, um die Erbschaftsangelegenheit zu einem guten Ende zu bringen.

»Im Testament des Erblassers«, steht da zu lesen, »befindet sich eine Klausel, die besagt, dass die Erbin verpflichtet ist, an der Einfahrt zu seiner Hazienda einen aus Mauerziegeln zu errichtenden Torbogen aufzustellen. Darauf ist eine Holztafel, 200 mal 40 cm, anzubringen, mit einer Inschrift, aus der zu ersehen ist, dass der Erblasser die Hazienda nach einem von ihm sehr geschätzten Onkel, Freund und Mentor benannt haben will. Der Text lautet wie folgt: ›Hazienda Dr. Josef Mengele‹.«

Ich werde die Erbschaft nicht annehmen.

Franz Schubert
DIE FORELLE
Klavierquintett A-Dur, D 667

DER FISCHER MIT DER RUTE

»So ein Konzert habe ich noch nie gesehen!«

»Gehört, Hanna, gehört, sagt man, wenn es um ein Konzert geht!«

Hanna schluckte. »Hast du ihn gesehen, den jungen Cellisten?«

Leopold tat seine schulmeisterliche Bemerkung schon wieder leid. Er, der Musikbanause, sollte seine kulturbeflissene Schwiegermutter nicht belehren. Er wusste nicht einmal, welches Stück er soeben gehört hatte. Fünf Musiker. Mehr muss ein Polizeibeamter nicht wissen. Oder doch? Er war hier, weil er Hanna, der geliebten Großmutter seiner Kinder, zum Geburtstag einen Konzertgutschein geschenkt hatte, galante Begleitung inklusive.

»Er ist verrückt, er ist ein Hasardeur!«, flüsterte Hanna.

»Von wem redest du?«

»Vom Cellisten. Wenn du nichts gemerkt hast, ist dir nicht zu helfen. Und jetzt brauche ich einen Sekt.«

Tage danach, als er die Szene vor seinem geistigen Auge passieren ließ, dachte Leopold, er hätte sorgfältiger hinhören – und hinschauen sollen. Doch an diesem Abend fiel es ihm schwer, auf Hannas Musikleidenschaft einzugehen. Wichtiger war ihm das Erfolgserlebnis in der Pause, im beängstigenden Gedränge vor der Bar zwei Gläser Sekt ergattert und sie bis zu Hannas Tisch manövriert zu haben. Es war einer dieser katastrophalen Tage, an dem er solche Kleinigkeiten nötig hatte. Er, der korrekte Polizeibeamte, war an diesem Morgen konsterniert und beschämt gewesen, als er die Zeitung aufgeschlagen hatte, in der wieder einmal Details über die Beziehungen des Polizeipräsidenten zum Rotlichtmilieu breit ausgewalzt wurden.

»Ich kenne viele erotische Szenen – aus der Literatur meine ich«, ließ sich Hanna mit dem Sektglas in der Hand vernehmen, »aber diese Konstellation ist mir noch nie untergekommen.«

In diesem Moment ertönte der Glockenton, der die Konzertbesucher auf ihre Plätze rief. Leopold spürte das Prickeln, das der Sekt in seinem Magen auslöste; er würde die zweite Halbzeit schon durchstehen.

Etwas verwundert beteiligte er sich am frenetischen Applaus, der die fünf Musiker empfing. Dass nach der Pause ein Stück auf dem Programm stand, das er kannte und mochte, schien ihm ein Geschenk des Himmels: Die Forelle! Das Lied hätte er sogar singen können – oder summen. Alle vier Strophen. Aber was spielten die denn!? Gar nicht fröhlich klang es und überhaupt nicht bekannt. Viel zu schwer. Einen Moment lang fühlte sich die Musik an wie eine Messerklinge, die im Brustkorb wühlte. Das war ihm gar nicht geheuer. Musste er immer gleich an Mord und Totschlag denken? Gewohnheit vielleicht. Berufstrott.

Erst gegen Schluss: sein Lied. Jeder kam dran, das Klavier, jeder einzelne Geiger. Das gefiel ihm.

Später, als er angestrengt über die Szenerie auf dem Konzertpodium grübelte, leuchteten zwei, drei Sequenzen in seinem Gedächtnis auf: Der mit dem Cello, ein junger Feschak, fixiert mit glitzernden Augen und einem bubenhaften Lächeln den langen Bassgeiger rechts außen. Beide musizieren ihren Part auf Teufel komm raus. Dann wendet sich der Cellospieler dem mit der Bratsche zu und es beginnt der gleiche Tanz. Bald darauf wird wieder der mit der Bassgeige das Ziel der Avancen des feschen Jungen, der auf seinem Cello herumschrammt. Fünf Musiker – warum erinnerte er sich nur an drei?

Nach dem Konzert brachte Leopold seine Schwiegermutter nach Hause. Seine Pflicht und Schuldigkeit war getan, erst in einem Jahr, wenn sie das nächste Mal Geburtstag hatte, würde er das Konzerthaus, die erwartungsfrohe Hanna am Arm, wieder betreten. Bis dahin würde er nichts mehr mit Musikern zu tun haben. Dachte er.

―

Für Hanna war an Schlafen nicht zu denken. Auch das

Glas Wein, das sie sich mit einer gewissen Feierlichkeit eingeschenkt hatte, brachte ihr keine Entspannung. Sie saß aufrecht und hellwach in ihrem Chesterfield Sessel und konnte sich aus der Gewalt der Klänge und Bilder in ihrem Kopf nicht lösen. Hatten es die anderen nicht gesehen, die so wild drauflos geklatscht hatten? Oder waren sie so ungestüm, weil ihnen zur Musik noch etwas anderes geboten worden war? Ein Erotik-Thriller vom Feinsten.

Von zweien ihrer kleinen blauen Tabletten ließ sie sich – es war schon lang nach Mitternacht – überreden, zu Bett zu gehen.

Reichlich überkandidelt, was ich mir da gestern zusammengereimt habe, dachte Hanna am nächsten Morgen. Einen Dvorak und einen Schubert hatte es gegeben. Na und? Die meisten Zuhörer waren wegen des rumänischen Starpianisten gekommen. Dass die Streicher so exzellent musiziert hatten, konnte man im Wiener Konzerthaus füglich erwarten. Punkt.

Später ertappte sie sich dabei, dass sie fröstelnd die Kärntnerstraße entlangeilte, bei einem CD-Geschäft stehen blieb, und dann – nur ganz kurz! – hineinschaute, welche Einspielungen es für das Forellenquintett gab. Sie wurde fündig! Auf dem Cover der CD der Cellist von gestern, sehr jung noch, mit Kurzhaarschnitt, aber schon das Unverschämte, das Schamlose in den Augen, das Anstößige um den Mund. Sie genierte sich, als sie die CD neben die Kasse legte, so als hätte sie eine Erotik-DVD gekauft.

Draußen war es beißend kalt. Hanna flüchtete in die heimelige Wärme der Konditorei schräg gegenüber. Alles besetzt mit Frühstücksgästen. Nein, da war noch ein Platz an einem Zweiertisch. Erst, als sie schon saß, erkannte Hanna ihr Gegenüber: Es war die überschlanke, blonde Schönheit, die dem Pianisten umgeblättert hatte. Hanna goutierte es nicht, man konnte sich ja denken, wie das lief, der alternde Star und die junge Musikstudentin.

Das Mädchen war ihr gestern hochgradig nervös erschienen. Sie hatte sich verblättert, der Meister blätterte entschieden zurück. Peinlich. Das Bebende in den Händen des Mädchens blieb.

Hanna holte etwas zu betont die neue CD aus der Tasche, platzierte sie auf dem Tisch, blickte das Mädchen an und sagte: »Wunderschön war das gestern.«

Auf das, was jetzt – sekundenlang – in den Augen des Mädchens glimmte, war Hanna nicht gefasst: Zorn? Wut? Verzweiflung? Rasch legte sich die höflich-freundliche Maske wieder über das makellose Gesicht. »Freut mich, dass es Ihnen gefallen hat.« Ein leicht osteuropäischer Akzent.

Hanna wollte ein nettes Gespräch in Gang bringen, aber jählings erhob sich die junge Frau, ihre Augen leuchteten auf.

»Mein Mann holt mich ab, auf Wiedersehen!«

Hanna vergaß die Antwort. Durch die Tür war nicht der Pianist gekommen, sondern der Bassist. Den kannte sie. Von den Philharmonikern.

Hanna gönnte sich ein Mittagsschläfchen. Schließlich war es spät geworden gestern. Ein hartnäckiges Klingeln weckte sie. Sie tastete nach dem Wecker. Der war es nicht. Auch nicht das Handy. Es war an der Tür.

»Wer ist da?«

»Der Poldi! Kann ich reinkommen?«

Hanna öffnete. »Ist was passiert?!«

»Nichts, beruhige dich. Ich brauche einen Hinweis von dir – rein beruflich.«

»Ich mach uns einen Kaffee, setz dich ins Wohnzimmer.«

Erst beim zweiten Häferl Kaffee sagte Hanna: »Also? Was heißt ›rein beruflich‹?«

Leopold seufzte. »Die Geschichte wird dir nicht gefallen. Knapp nach Mitternacht ist einer unter der Kleinen Ungarbrücke aus dem Wienfluss gefischt worden.«

»Und? Was geht mich deine Wasserleiche an?«

»Hanna, es ist einer der Geiger. Von gestern. Der aus dem Konzerthaus!«

»Nein! Das ist ja furchtbar! Welcher?«

»Amado Fantini.«

»Der Cellist. Um Gottes willen!«

»Hanna! Unfall, Selbstmord- oder Mordversuch, jedenfalls ein Fall für die Polizei. Es scheint, er ist durch den Stadtpark gegangen und dann über die Kleine Ungarbrücke. Darunter lag er. Er ist nicht ertrunken, er hat eine schwere Kopfverletzung, der Wienfluss ist ja viel zu seicht jetzt zum Hineinspringen.«

Hanna sah die junge Frau aus der Konditorei vor

sich. Die Wut und Verzweiflung in ihren Augen. Sehr kühl hatte sie getan, das Verletzliche überspielt.

»Hanna, es ist nicht mein Fall, aber ich bin bei Dienstantritt zufällig dazugekommen, wie die Kollegen mit Hilfe des Polizeifotos seine Identität herausfinden wollten. Ich war blöd genug, den Mund aufzureißen, dass ich den Typ vom Konzert kenne. Forellenquintett. Jetzt pfeifen's mir die Kollegen nach, sie halten mich für einen Snob.« Leopold feixte, verlieh seinem Gesicht einen dümmlichen Ausdruck und spitzte seinen Mund zu den ersten Takten des Liedes.

»›In einem Bächlein helle‹ klingt schon zynisch, wenn einer aus dem Wienfluss gefischt worden ist«, sagte Hanna.

»Und jetzt glauben die, ich müsste ein paar interessante Details kennen, nur weil ich den Burschen im Konzerthaus gesehen hab.« Leopold seufzte. »Könnte ich mich nur besser erinnern!«

Hanna lächelte belustigt: »Dafür hast du ja mich.«

»Drum bin ich gekommen. Erzähl, was hast du gesehen?«

»Gehört, sagt man, gehört, wenn es um ein Konzert geht!«, zahlte Hanna es ihm heim.

Leopold grinste, setzte sich zurecht und sagte: »Jetzt bist du dran.«

»Also: Amado, das ist der jüngere der Fantini-Brüder. Er hat gerade erst begonnen, sich als Cellist einen Namen zu machen. Luca, der ältere, ist längst berühmt, er spielt auf einer Stradivari. Das Brüderpaar ist aus

Argentinien. Der Bratschist auch. Der Bassist ist Österreicher. Reicht die Information? Amado spielt übrigens auf einem Cello von Amati, frühes 17. Jahrhundert.«

»Spielte«, sagte Leopold trocken.

Hanna wurde bleich. »Du hast gesagt, er hätte überlebt?«

»Er liegt im Koma. Schädel-Hirn-Trauma. Du wirst doch nicht glauben, dass der noch jemals ein Konzert spielt.«

Hanna schwieg – es fühlte sich an wie eine Gedenkminute.

»Was du da sagst, hätt ich alles im Programmheft nachlesen können. Aber du hast im Konzert so eine komische Bemerkung gemacht. Von Hasardeur oder so?«

»Weißt du, Poldi«, sagte Hanna und ihre Stimme bekam einen erregten Unterton, »dieser Amado Fantini, der ist kein gewöhnlicher Cellist. Das, was der vorgeführt hat, war Erotik pur. Wie der sein Cello zwischen den Beinen gehalten hat, wie der seinen Oberkörper zurückgebogen und hin- und hergeschwungen hat, wie der mit seinem Bogen über die Saiten strich, es war …«, Hanna stockte und errötete, »… das war derart – wie sag ichs nur – obszön! ›Er spielt wie ein junger Gott‹, hat meine Sitznachbarin ihrem Mann zugeflüstert. Kein Zweifel, wen sie gemeint hat. Einen heidnischen Gott jedenfalls, selbstverliebt, bildschön. Dieser Haarwirbel über der hohen Stirn und die weiche Mähne, die ihm rechts und links ins Gesicht gefallen ist. Der halb geöffnete Mund, diese sinnlichen Lippen, wie dürstend, wie saugend. Also wie beim …«

»Wie bei was, Hanna?«

Hanna stampfte wütend mit dem Fuß auf. »Ich hab dir ja gesagt, dass ich solche Worte nicht ausspreche.«

»Also, dass klassische Musik was Obszönes an sich hat, hör ich zum ersten Mal!«

»Schubert hat nichts Obszönes an sich, nein! Es war der junge Mann. Dieser Gesichtsausdruck. Vor lauter innerer Spannung geradezu weggetreten, so, wie wenn sich bei einem Mann alles nur auf das Eine konzentriert. Ich meine …«, Hanna fixierte geniert ihr Kaffeehäferl, »… also du weißt schon, wie – na – wie beim Sex.«

Hanna nahm die Schale in beide Hände und atmete durch, als ob sie etwas sehr Schwieriges hinter sich gebracht hätte.

»Ein Schöner eben und nicht ungefährlich«, setzte Hanna jetzt wieder ganz sachlich nach. Erleichtert sah sie, dass Leopolds Gesichtsausdruck nicht Spott sondern Interesse widerspiegelte. Als er kurz nickte, fuhr sie fort: »Schau, Poldi, jede gute Kammermusik lebt von der Anziehung der Instrumente und der Spieler untereinander. Aber das, das war mehr, das war ein Sog. Zu stark der eine, zu groß die Seligkeit des anderen, wenn sich diese Kraft direkt auf ihn richtete. Wenn sie gemeinsam eintauchten in diesen Strudel der Entzückung. Ausgekostet hat er dieses Spiel, dieses Locken und Verlocken. Wie Bratsche und Cello sich aneinanderschmiegten, hinreißend schön war das! Und dass der Bassist euphorisch zu swingen begann, als der junge Gott ihm herausfordernd ein rasantes Zusammenspiel anbot, das musst du doch gesehen haben! Und gehört, Poldi, gehört auch!«

»Und der ganz links, der mit der Geige?«

»Luca Fantini, der große Bruder des Cellisten.«

»Und der Pianist?«

»Der? Der war ja dahinter platziert. Die Blonde, die umgeblättert hat, auch. Beide blieben außerhalb dieses Bannkreises von Betörung und Verhexung. Aber gesehen, na ja, gesehen müssen sie schon haben, was sich abspielte. Ich meine, die Frau wird ja doch hin und wieder in Richtung ihres Mannes geschaut haben, vielleicht hat sie sich deswegen verblättert?«

»Was, die junge Frau ist mit einem von denen verheiratet? Mit unserem Opfer?«

»Nein, mit dem Bassisten.«

»Woher willst du das wissen? Stand das auch im Programmheft?«

Hanna erschrak. Die Begegnung in der Konditorei wollte sie Leopold verschweigen.

»Also, der Petek, der Bassist, ist Philharmoniker, hab ich dir ja gesagt. Der ist aus Eisenkappl, wie meine Mutter, dort redet man neben Deutsch ein altertümliches Slowenisch. Ende der Welt. Die sind so stolz darauf, dass einer aus dem Dorf im Neujahrskonzert im Fernsehen mitspielt, die lieben ihn und wissen alles von ihm: Dass der Petek eine Ausländerin geheiratet hat, eine Musikstudentin aus dem Osten. Zufrieden? Und überhaupt ...« Hanna schluckte herunter, was sie sagen wollte. Weiß die Polizei das nicht? Aber um Gottes willen, sie wollte keinesfalls, dass wegen ihr die Blonde verdächtigt wurde.

Leopold blickte auf die Uhr, er schien es eilig zu haben. Hastig verabschiedete er sich.

Am Abend kaufte Hanna die Zeitung vom nächsten Tag. Sie stutzte. »Raub mit schwerer Körperverletzung.« Was Leopold offenbar am Morgen noch nicht gewusst hatte: Das Cello war weg.

Leopold hatte sich bei Hanna nicht mehr blicken lassen. Ihr blieb nichts anderes übrig, als einen Besuch bei ihren Enkeln über Gebühr auszudehnen, bis Leopold von der Arbeit heimkam. Er gab sich ihr gegenüber höflich, aber verschlossen, so als reute es ihn, dass er sie mit einer beruflichen Angelegenheit behelligt hatte.

»Poldi«, sagte sie, als ihre Tochter die Kinder zu Bett brachte, »Poldi, wie steht's?«

»Ich habe nichts damit zu tun, das ist nicht mein Fall«, brummelte Leopold, »das weißt du. Und dass das Cello gestohlen worden ist, hast du ja sicher in der Zeitung gelesen. Das haben wir damals erst Stunden später herausgefunden. Und jetzt? Wir haben einfach nichts Konkretes in der Hand gegen die Hauptverdächtige.«

»Du meinst doch nicht die Petek?«

Leopold saß alles andere als behaglich auf seinem Sofa, stand auf um einzuschenken, ging ein paar Schritte hin und her, setzte sich wieder, als hätte er einen Entschluss gefasst, und sagte: »Du lässt mir ja doch keine Ruhe, bevor du weißt, was da läuft.«

»Ich bin ganz Ohr.«

»Du hast recht gehabt, Hanna, da war Sex im Spiel. Oder Erotik, wie du dich ausdrückst. Diese Frau, Milena Petek, hat kein Alibi.«

Was sie nun zu hören bekam, gefiel Hanna nicht: Die Musiker seien noch bis Mitternacht in der Bar gesessen. Nur das Opfer sei sehr bald samt seinem Cellokasten aufs Zimmer gegangen. Zwischen dem Ehepaar Petek soll es in der Bar noch einen scharfen Wortwechsel gegeben haben, danach sei die Frau erregt aufgesprungen und die Stiege hochgelaufen, obwohl sie und ihr Mann nicht im Hotel wohnten. Die haben eine Wohnung im 3. Bezirk. Um halb zwölf sei der Cellist aus dem Hotel hinaus, ohne den Schlüssel abzugeben. Die Petek habe keiner weggehen sehen. Ihr Mann sagt, als er in die gemeinsame Wohnung gekommen wäre, so gegen ein Uhr, wäre Milena schon dort gewesen.

Hannas Fantasie begann Leos Bericht vorauszueilen. »Und sie? Was hat sie gesagt?«

»Sie hat sich bei der Einvernahme um Kopf und Kragen geredet.«

Hanna spürte, dass ihr Herz schneller schlug.

»Sie gab zu, an diesem fraglichen Abend einen Streit mit dem Opfer gehabt zu haben. In seinem Hotelzimmer.«

»Weiter«

»Ich dürfte dir das gar nicht erzählen!«

»Ich bin eine alte Frau! Du wirst doch nicht glauben, dass ich irgendwem etwas davon erzähle!«

»Na gut. Wir wissen ja eh nicht viel. Nur dass Amado Fantini nach dem Streit hinausgestürmt ist. Da ist das Cello noch da gewesen. Die Petek soll danach zu Fuß in ihre Wohnung gegangen sein, ist ja nicht weit. Ihre Aussage war schon sehr emotional. Sie verwünschte diesen ›Zigeuner aus der Pampa‹ – tut mir leid, so hat sie sich ausgedrückt. Sie war wütend über die Art, wie der Cellist ihren Mann umworben hatte. Und der, der Bassgeiger, war augenfällig darauf eingegangen.

»Bassist, Poldi, der Bassist!«

»Genau, sag ich ja.«

»Weißt du Poldi, ein Bassgeiger spielt bei den Schrammeln, der Philharmoniker ist ein Bassist.«

»Darauf kommt's nicht an, sondern darauf, dass die Blonde das Techtelmechtel ihres Mannes mit dem schönen Amado nicht gepackt hat. Beruhige dich, kein Grund für eine Untersuchungshaft. Glaubst du, dass die beiden wirklich was miteinander gehabt haben, der Bassgeiger und der Cellospieler? Ich denk fast, der Frau war der hübsche junge Kerl auch nicht egal. Jedenfalls hat sie ihn beschuldigt, er sei ein Hexer, er lege es darauf an, alle von sich abhängig zu machen. Hast es gut beobachtet, Hanna. Was meinst denn du, was da wirklich gelaufen ist?«

»Himmel und Hölle, Poldi, Himmel und Hölle! Willst du dir's noch einmal anhören?«

Hanna nahm die CD aus ihrer Handtasche. Poldi starrte auf das Foto der Musiker auf dem Cover

»Das sind sie, die Fantini-Brüder mit dem Bratschisten und dem Bassisten aus Eisenkappl, allerdings mit einem anderen Pianisten«, sagte Hanna und schob die silberne Scheibe in Poldis Musikanlage.

Es war noch im ersten Satz des Forellenquintetts – der Klang des Cellos paarte sich mit dem der Bratsche in beunruhigender Süßigkeit –, als Leopold aufsprang. »Da ist es, das Bedrohliche! Der Hexer ist der Schubert selber! Du hörst das doch auch!«

Hanna hielt den Atem an. Sie spürte, dass sie einen Funken des letzten Schöpfungstages miterlebte. Poldi war eben noch Adam, lehmig und dumpf – und auf einmal wird ihm das innere Ohr geöffnet. *Er hört! Er zittert! Er ist erschrocken – verzückt!*

Das Andante hatte begonnen. Leopold setzte sich wieder. Sein Blick wurde glasig, seine schmalen Polizistenlippen waren leicht geöffnet, wie von Gier.

Nein, dachte Hanna, so nicht!

Die Glut der Streicher, das einfältige Gesicht Leopolds, über das sich die frivole Pose des jungen Fantini schob. Nicht auszuhalten!

Sie wandte sich resolut zur Stereoanlage und drückte auf *Off*. Weg waren die betörenden Töne, weg der Zauber!

Leopold schien den Knopfdruck Hannas nicht mitbekommen zu haben und beugte sich zur Stereoanlage, um die Störung zu beheben. Hanna legte ihm energisch die Hand auf den Arm: »Stopp! Genug, das geht mir zu nahe!« Das geht dir zu nahe, hatte sie eigentlich gemeint.

Leopold akzeptierte. Vielleicht, weil schließlich einer der Musiker im Sterben lag.

Zwei Wochen später stand Leopold wieder vor Hannas Tür. Sie wunderte sich nicht. »Kein Kaffee heute, Poldi, ich habe einen wunderbar duftenden Tee!«

Sie nahm eine zweite Teetasse aus dem Schrank. Feinstes Porzellan mit zarten Blüten. Beim Eingießen verschüttete sie ein paar Tropfen. Angst um das Mädchen. Das Fischlein.

Die fragile Teetasse in der Hand des Polizisten wirkte lächerlich.

»Ist dir eigentlich klar, Hanna, was dein Schubert da vertont hat«, sagte Leopold grimmig. »Du kennst den Text, Erotik, Sex, Gewalttat. Ist mir doch früher nicht aufgefallen. ›So zuckte seine Rute …‹, lässt man das Kinder singen? ›Und sah's mit kaltem Blute, wie sich das Fischlein wand.‹«

Hanna stellte sich Milena Petek im Vernehmungsraum vor. Sie schwieg.

»Mir kannst du nichts vormachen, Hanna. Du glaubst, es war diese junge Frau, die hast du ja ins Herz geschlossen. Mordversuch und Raub! Falls es dich beruhigt: Ihr konnte nichts nachgewiesen werden, noch nicht. So lange der Mann im Koma liegt, hat die Polizei keine Handhabe.«

»Und das Cello?«

»Keine Spur. Wenn da nicht der Zufall mitspielt, bleibt es verloren.«

Ohne ein weiteres Wort drückte Hanna auf *On* und das angeblich sonnigste Stück Schubert'scher Kammermusik erklang. Die beiden hörten es still bis zum Ende.

»Weißt du«, sagte Hanna, »Schubert soll gesagt haben, er könne nicht begreifen, was die Leute an seiner Musik so lustig fänden, er habe nichts dergleichen komponiert.«

Leopold nickte, stand auf und ging zur Tür. Er hatte die Türklinke schon in der Hand, da drehte er sich noch einmal um. »Ich glaub, ich muss mich bei dir bedanken, Hanna.«

Sie schaute ihn fragend an.

»Für den Schubert, diesen schaurigen Schubert.«

»Lieber nicht«, sagte Hanna, und schob ihn zur Tür hinaus.

Hanna hatte die von ihr am wenigsten geliebte Straßenbahnlinie genommen. Den 71er zum Zentralfriedhof. Jedes Mal, wenn sie im Wagen saß, wurde sie den Gedanken nicht los, dass der 71er vor gar nicht so langer Zeit noch Särge und ganze Begräbnisgesellschaften zum Friedhof transportiert hatte. Sie grollte dem Tod und seinen Ritualen. Die morbide Lust, mit der die Wiener ihr riesiges Begräbnisareal in melancholischen Liedern besingen, war ihr suspekt. Nur selten unterzog sie sich dem Ritual des Blumenbringens und Kerzenanzündens: eine rote Rose für Schuberts Grab, eine Ewiglichtkerze bei den Eltern, ein Büschel Lavendel für ihren Felix. Auf dem Weg zwischen den Gräbern sah sie sich genötigt, einem pompösen Trauerkondukt auszuweichen. Ein historischer Leichenwagen, vierspännig.

»Da verdienen die Pompfuneberer sich wieder schwarz und krumm«, murmelte Hanna, betrachtete ungehalten die schwarz livrierten Sargträger und trottete weiter.

Beim Grab ihres Mannes angekommen, klaubte sie lustlos die welken Blätter von der Grabplatte.

Da! Sie horchte auf! Aus der Richtung, die das Leichenbegängnis genommen hatte, kam Musik. Gute Musik. Nicht das gefühlsselige *Stellt's meine Ross in Stall*. Auch nicht der übliche Trauermarsch von Chopin. Nein, ein Streichquartett! Eindringlich und getragen. Sofort erkannte Hanna die Todesmelodie aus Schuberts Andante von *Der Tod und das Mädchen*.

Hanna hastete los. Die Violine schickte ihren atemlos-bangen Gesang himmelwärts, während sich Hanna vorsichtig zum Mittelpunkt des Geschehens schlängelte. Im schwarzen Wintermantel und mit schwarzem Hütchen fiel sie nicht weiter auf. Die Bewegung der Trauergäste kam langsam zum Stillstand.

Schweigend verharrend liehen sie das Ohr der – sicher sündteuren – Musik. Zwischen einem ausladenden Hut mit schwarzem Flor und einem Glatzkopf mit beringtem Ohrläppchen hatte Hanna endlich den Durchblick auf die Musiker.

»So ein Konzert habe ich noch nie gesehen!«, schoss es ihr durch den Kopf. Und wie einen leidigen Widerhall vernahm sie in ihrem Inneren die schulmeisterliche Stimme ihres Schwiegersohnes: »Gehört, meine Liebe, gehört!« Wann war das gewesen?

Da griff das Cello das Thema auf. Süß und rau sank die Melodie wie ein Gespinst auf die geneigten Köpfe. Schluchzen und Schnäuzen. Hanna konnte sich der Trauer des Celloparts kaum entziehen, doch irgendein Detail in ihrem Kopf verhinderte das Einsinken in diese Halluzination zwischen Leben und Tod.

»Gehört, sagt man, wenn es um ein Konzert geht ...«

Das Forellenquintett! An ihrem Geburtstag. Da war ihr der sonst so zuvorkommende Poldi über den Mund gefahren. Dieser Cellist damals, der schöne Amado, der das Quintett in einen hocherotischen Zustand versetzt hatte – eine tragische Geschichte!

Liegt der noch im Koma? Hannas Blick blieb am Cellisten auf der anderen Seite des offenen Grabes hängen. Sehr dunkle Locken, sehr heller Teint. Auch so ein etwas zu hübscher Knabe. Hochbegabt offenbar. Wieso spielte der am Friedhof und nicht auf dem Konzertpodium? Hanna erinnerte sich, dass Poldi ihr einmal von der Mafia der Pompfuneberer vom Zentralfriedhof erzählt hat. Keiner könne da auch nur ein Grablied singen, ohne von diesem Club der ehrenwerten Schwarzgekleideten zugelassen zu sein. Ob das wahr ist?

Schade, die Friedhofsgeiger hatten nur das Andante im Programm, und während ein Grabredner mit viel Pathos das Schluchzen zu übertönen begann, packten die Musiker ihre Instrumente ein und zogen sich dezent zurück. Auch Hanna schlüpfte wieder aus dem Trauerpulk.

In der Straßenbahn fand sie einen Sitzplatz und genoss die Erinnerung an das hochkarätige Gratiskonzert, das sie eben zu hören bekommen hatte. – Und zu sehen! Hanna wäre fast von ihrem Sitz aufgesprungen. Das war es! Sie hatte es gesehen, das Cello! Dieses ins Bordeauxrote gehende Dunkelbraun, dieses Glühen des Holzes und dieser rau-süße Ton?! Um Gottes willen, ein Amati-Cello auf dem Friedhof! Der Mordversuch! Das Cello!

Hanna sagte sich immer wieder, dass sie eine total überspannte Fantastin sei. Aber sie war sich sicher: Sie hatte das von der Polizei fieberhaft gesuchte Instrument gesehen – und gehört.

Leopold hatte guten Grund, sich bei seiner Schwiegermutter zu bedanken. Das Auffinden des Amati-Cellos würde seiner Karriere förderlich sein.

Gedrängt von einer starrsinnigen Hanna hatte er einen Durchsuchungsbefehl erwirkt und mit einem

Kollegen systematisch alle Verwaltungsgebäude im Zentralfriedhof durchgekämmt. Im Abstellraum der Friedhofskirche waren sie fündig geworden. Über den Cellisten war nichts herauszufinden. Er sei kurzfristig eingesprungen, hieß es, sein Name sei Rufo oder Rudo, er käme aus Rumänien oder Bulgarien. Angeblich wusste niemand Näheres. Leopold war überzeugt, dass dieser Cellist schon längere Zeit Begräbnismusik machte.

Es musste ein Spinner sein, ein Musiknarr. Einer, der das Instrument gestohlen hatte, weil er verrückt danach war. Weil er darauf spielen wollte. Und nur in diesem unüberschaubaren Totengelände war das möglich gewesen. Hatte er gutes Geld für eine Spielerlaubnis bezahlt? Hatten die Ehrenwerten gewusst, dass es sich bei seinem Instrument um wertvolle Diebesbeute handelte? Wohl nicht. Die Polizei stand vor einer Mauer des Schweigens.

Die einzige Personenbeschreibung hätte Hanna geben können. Doch als sie, ins Kommissariat geladen, den Cellisten vom Zentralfriedhof mit verdächtigem Eifer als blassblond, korpulent und mit Doppelkinn und Halbglatze beschrieb, kamen Leopold Zweifel. Hanna würde lieber das Blaue vom Himmel lügen, als einen begnadeten Musiker der Polizei auszuliefern. Solche Gedanken behielt er für sich. Dennoch hatte er Hanna kavaliermäßig zu einem Konzertbesuch eingeladen, wo und wann sie wolle. Hanna hatte fein gelächelt und gemeint: »Ja, ja, unser Cellodieb. Schön wärs, wenn ich ihn einmal wiedersehen würde – zum Beispiel auf dem Podium im Konzerthaus!«

Leopold hoffte inständig, dass keiner diese Bemerkung gehört hatte, und komplimentierte seine unangebracht gut gelaunte Schwiegermutter zum Kommissariat hinaus.

―

Daheim, im Lehnsessel, eine Schale duftenden Kaffees in Reichweite, dachte Hanna mit diebischer Freude an ihren Auftritt im Kommissariat. Nicht einmal mit Daumenschrauben hätte man ihr entlockt, welche Vermutungen sie hatte. Sie konnte sich dazu einiges gut vorstellen: Der Streit nach dem Konzert im Hotelzimmer des Cellisten, eine wilde Eifersuchtsszene. Milena könnte tätlich geworden sein. Eine Ohrfeige! Möglicherweise. Amado Fantini läuft hochgradig erregt aus seinem Hotelzimmer, Milena auch. Die Tür bleibt offen. Es könnte ein Bruder Milenas gewesen sein, oder ein Ex-Liebhaber, als billige Arbeitskraft aus dem Osten für das Luxushotel arbeitend. Der junge Mann sucht Milena und sieht Amado aus dem Zimmer stürmen, Milena hinterdrein. Durch die offene Tür fällt sein Blick auf das Cello. Es saugt ihn an, das Amati-Cello. Eine Impulshandlung. Kein geplantes Verbrechen. So könnte es gelaufen sein.

Vielleicht.

Hanna verschloss diese Bilder in ihrem Inneren. Jetzt wusste sie, was sie sich von Leopold wünschen würde: die Schubertiade in Schwarzenberg, im Juni.

Leopold hatte extra zwei Urlaubstage nehmen müssen. Gute sechs Stunden brauchte er von Wien über München nach Bregenz.

Danach quälte er, der Bergstrecken hasste, sich noch ein kurvenreiches, immer wieder an- und absteigendes Straßenstück in zugegebenermaßen wunderschöner Landschaft nach Schwarzenberg hinauf, bis er am frühen Nachmittag den Weiler mit den behäbigen, holzschindelgepanzerten Bauernhöfen erreichte. Der größte erwies sich als Viersternehotel. Hanna hatte alles gebucht.

Mitten im Dorf, neben der Kirche und dem Friedhof stand das Holzbauwerk, in dem die Schubertiaden stattfanden. Kühe auf der Weide glotzten das Konzertpublikum an, das sich vor den Aufführungen und in den Pausen auf den Terrassen und Wiesenwegen verteilte.

Poldi war müde und wusste nicht, ob er jetzt noch ein Konzert durchhalten würde. Hanna hatte unnatürlich rote Wangen – fieberte sie oder war sie nur aufgeregt? Poldi konnte unmöglich vorschlagen, seine Konzertkarte irgendeinem in letzter Minute auftauchenden Schubert-Fan zu überlassen.

»Überraschung!«, flüsterte Hanna ungewohnt exaltiert, als sie, in der zweiten Reihe sitzend, den Auftritt der Musiker beklatschten. Poldi wusste nicht recht, was sie meinte.

Da! Der Letzte! War es möglich? Das war doch … der

Cellist! Der, den sie aus dem Wienfluss gefischt hatten! Leopold konnte seine Frage nicht mehr anbringen, es war unnatürlich still geworden im Saal.

—

Hanna hatte die unglaubliche Geschichte in der Kulturbeilage ihrer Zeitung gelesen: Amado Fantini wusste beim Aufwachen aus dem dreimonatigen Koma mit dem Cello nichts mehr anzufangen. Stattdessen setzte er sich wie süchtig an jedes Klavier, dessen er habhaft wurde, um die Klavierparts aus allen Konzerten, in denen er je als Cellist aufgetreten war, zu spielen. So vollendet zu spielen, als sei er nie etwas anderes gewesen als ein Konzertpianist. Ohne Noten. Als eine *interessante Fehlfunktion in der Neurotransmission* diagnostizierten Neurologen dieses nicht unmögliche aber äußerst seltene Phänomen. Behutsam begann Luca Fantini, sein älterer Bruder, mit ihm zu proben, zuerst im Duo, dann im Trio, zuletzt im Quintett.

Dies war nun das erste Mal, dass die Brüder Fantini wieder zusammen auftraten. Schubert, Klavierquintett in A Dur. »Das Forellenquintett«, flüsterte Hanna Poldi ins Ohr. Poldi nickte, er schien nicht nur Luca Fantini an der Violine, sondern auch die Männer an der Bratsche und am Kontrabass wiederzuerkennen. Am Cello ein Neuer. Hanna hielt den Atem an: Der Anfangsakkord der Streicher – und jetzt der erste Lauf am Klavier. Die Streicher spielen hinreißend, doch der ganze Saal vibriert mit dem Klavierpart. Amado wirft seinen Kopf in den Nacken, dreht ihn in Richtung der Streicher, den Blick seines Bruders suchend, den Bratschisten mit den Augen fesselnd, den Cellisten betörend, mit der Biegung seines Rückens den Bassisten verführend.

»Der braucht kein Cello, der bringt auch mit dem Klavier alle um den Verstand!«, flüsterte Poldi Hanna zu.

—

Poldi wartete auf diese eine Stelle im Andante, diese klagende, stöhnende Phrase der Geige, die er als mordenden Messerstich in Erinnerung hatte. Er musste sie glatt überhört haben. Fasziniert von den Läufen des Klaviers, wie alle anderen im Saal auch.

Der zweite Satz und dritte Satz. Erst als im vierten Satz das Klavier die Liedmelodie übernahm, merkte Poldi, dass er sich in der Körpersprache Amado Fantinis getäuscht hatte: Die Gestik ist dieselbe wie beim Konzert vor dem Mordversuch, aber die Augen, nein!, die suchen nicht die Verbindung mit den anderen, sie sind ganz und gar nach innen gewandt. Wie bei einem Blinden. Die Drehung des Kopfes, dieses verletzliche, den anderen Spielern bedingungslos hingehaltene Gesicht, der Blick von hoch konzentrierter Abwesenheit, die halb offenen Lippen ... nur reines Hören, während die Hände ihr Spiel mit den Tasten treiben. Bei dem gehämmerten Fortissimo bebt der Körper, die Mähne fliegt auf, verdeckt das bleiche Gesicht und lässt es dann wieder aufleuchten. Welch ein Spiel! Was für ein Theater!, dachte Poldi und spürte, dass ihn dieses *Theater* aus dem Gleichgewicht brachte.

Verstohlen schaute er auf Hanna. Total weggetreten, dachte er. Als ob sie der Pianist am Angelhaken hätte.

Der Fischer mit der Rute, sinnierte Poldi. Wer stand damals noch am Gestade, voller Hass und Mordlust, und stieß den Fischer ins allzu seichte Wasser?

Das ging ihm im Kopf herum, bis der Boden unter ihm zu beben begann: Beifall, Klatschen, Trampeln, die Menschen sprangen auf. Jubeln, Toben. Amado Fantini stand wie verloren auf dem Podium, als würde er das alles nicht wahrnehmen. Ein scheues Lächeln um den Mund, keine Spur von Triumph. Sein Bruder Luca strahlte. Ein Sieg, sein Sieg, ihr gemeinsamer unglaublicher Sieg! Die anderen Musiker schienen erleichtert und neidlos glücklich.

Hanna stieß Leopold in die Seite. »Schau nicht so blöd, klatsch!« Poldi zählte nicht mit, wie oft die Musiker abgingen und wiederkamen.

In der Pause, auf der Terrasse, mit dem Blick auf eine Almidylle wie für die Milchwerbung brachte Poldi seine Frage endlich an: »Wer hat wohl ...«

Er unterbrach sich, als er merkte, dass Hanna ihm nicht zuhörte. Sie starrte auf den Wiesenweg, der sich vom Konzertgebäude wegschlängelte. Eine dunkel gekleidete Gestalt.

Klein gewachsen und sehr schmal, halblanges Haar. Amado Fantini.

»Wer immer das getan hat«, flüsterte Hanna, »er hat ihn nicht kaputtmachen können.«

Wieder in Wien fragte Poldi einen Kollegen, ob es irgendetwas Neues gäbe im Fall des Cellisten von der Ungarbrücke.

»Ach der«, sagte der Kollege, »der ist doch glatt wieder aus dem Koma aufgewacht.«

»Und? Hat er sich erinnert?«

»Ja, schon. Er sagt, dass er durch den Stadtpark gegangen ist. Und dass er sehr nervös war. Ein Stricher hätte ihm Avancen gemacht. Ich mein, so ein Feschak wie der, also, wenn der das nicht will, dann soll er nicht um Mitternacht dort herumrennen. Schaut so aus, als hätte ihn der andere bis zur Ungarbrücke verfolgt, und der Musiker hätt ihn abwehren wollen. Bei dem Gerangel auf der Brücke muss unser angebliches Mordopfer über das Geländer gestürzt sein. Das ist dort ja ziemlich niedrig, du kennst es ja. Wieso interessiert dich das?«

»Er spielt jetzt Klavier«, sagte Poldi.

»Na und?«, meinte der Polizeibeamte und biss in seine Wurstsemmel.

Antonio Vivaldi
LE QUATTRO STAGIONI
Opus 8

Astor Piazzolla
CUATRO ESTACIONES PORTEÑAS

VIVALDIS FÄCHER

*Wien, Leopoldstadt
28. Juli 1741
Zwischen Tag und Nacht*

Da will einer noch vor dem Gewitter daheim sein. Im Dahinhasten spürt er die Unregelmäßigkeiten des Buckelpflasters. Die Rockschöße wippen mit den Schläfenlocken im Takt. Ein Windstoß. Mit der Rechten hält der Mann in Schwarz seinen steifen Hut fest, der linke Arm wird von einer ausgebuchteten Tasche nach unten gezogen. Endlich, die Krummbaumgasse. Er wohnt im dritten Haus links. Eine massive Tür mit wuchtigem Türklopfer. Ein Bronzeschild: *Baruch Sofer, Medicus.*

Rebekka, seine Frau, sieht auf den ersten Blick, dass etwas vorgefallen sein muss. Ihr Mann rührt das Essen nicht an, lässt sich auf seinen Lehnstuhl fallen und schlägt die Hände vors Gesicht. Hat ihn jemand – wie schon des Öfteren – für den Tod eines christlichen Patienten verantwortlich gemacht und als *Judenarzt* beschimpft?

Es bleibt eine Weile still, dann öffnet der Arzt seine

Tasche und holt ein schmales Etui aus lackiertem Holz heraus und legt es vor Rebekka auf den Tisch.

»Für Ihre Frau, hat er gesagt, und mir das gegeben.«

»Wieder einer, der nicht zahlen konnte!«, murmelt Rebekka.

Baruch hört nicht hin, unbeirrt spricht er vor sich hin: »Zwei Stunden später war er tot. Gestorben an innerlichem Brand.«

»Wer?«, sagt Rebekka leise. »Einer von uns?«

»Nein, ein Goi, Rebekka, ein venezianischer Goi, ein christlicher Priester.«

Rebekka schüttelt missbilligend den Kopf.

Er springt auf: »Ja, der rote Priester, der sich keinen Deut um sein Priesteramt gekümmert hat. Nur um die Musik, verstehst du!« Seine Stimme überschlägt sich: »Nur um die Musik! Er ist der größte Musiker aller Zeiten!«

Wie zu Tode erschöpft sackt Baruch auf den Lehnstuhl. Die Augen schließt er, der Oberkörper bewegt sich kaum wahrnehmbar vor und zurück. Betet er? Horcht er auf etwas? Hört er Musik?

Rebekka huscht in die Kammer nebenan, beugt sich über die Wiege ihres ersten Kindes: Rachel. Sie wünscht, sie könnte alles Böse von dem Mädchen fernhalten, auch all die traurigen Geschichten, mit denen Baruch von seinen Krankenbesuchen nach Hause zu kommen pflegt. Ist ihr Mann nicht ein angesehener, erfahrener Medicus – warum kommt es immer noch vor, dass er einen ganzen Abend lang verstört ist, wenn ihm einer unter den Händen weggestorben ist. Manchmal hat sie ihren Mann im Verdacht, nicht gottesfürchtig genug zu sein. Jahwe ist der Herr über Leben und Tod. Er gibt und nimmt, wozu solche Auflehnung? Und heute, dieser Priester, der nicht gepredigt und stattdessen Musik gemacht hat – ist es recht, so um den zu trauern?

Gewitterwolken verdunkeln den Himmel. Rebekka zündet eine Kerze an. Sie gibt der Wiege einen leichten Stoß.

Der Arzt hat nach dem Etui gegriffen. Er öffnet es und sieht, dass es nicht das erwartete Schmuckstück enthält, sondern einen Fächer. Filigran gesägte, mit Silber- und Goldauflagen dekorierte Elfenbeinstäbe. Er lässt sie aufspringen. Wie schön! Vier fein gemalte Motive auf dem Fächerblatt: die Jahreszeiten.

»Sieh nur, Rebekka!«

Rebekka kommt zögernd aus der Kammer und schaut Baruch über die Schultern.

»Das bist du, Rebekka, die Schöne im Frühling! Eine Putte fliegt auf dich zu. Mit einem Korb Blumen! Und da, der alte Mann am Feuer, der Winter, das bin ich.«

»Nein«, sagt Rebekka, »du bist kein alter Mann!« Aber sie kann sich gut vorstellen, dass Baruch einmal als weißhaariger, weißbärtiger Alter am Feuer sitzt und sich die Hände wärmt wie der greise Winter auf dem Bild.

»Was willst du«, sagt Baruch, »der halb nackte Jüngling da bin ich sicher nicht. Gar zu lebensfroh ist er, der Herbst, wie er sich inmitten von Weinreben von einer schwebenden Putte seinen Becher nachfüllen lässt.«

Rebekka lächelt und nimmt die zweite Dame auf dem Fächer in Augenschein: »Was blickt die schöne Dame so bedrückt, sie ist doch die Herrin des Sommers?«, fragt sie.

Baruch seufzt. Sommer. Schleppende Akkorde, die Schwüle hörbar, greifbar. Violinsoli, die sich überraschend aus der Mattigkeit emporschwingen in schwindelnde Höhen. Unglaubliche Virtuosität. Das drohende Gewitter. Ein Sommertag. Wie heute. Wie damals, als der gefeierte Maestro in Wien *Die vier Jahreszeiten* zur Aufführung gebracht hatte. Baruch hatte einen adeligen Patienten, der an Asthmaanfällen litt, zum Konzert begleiten müssen. Ganz Wien lag Antonio Vivaldi zu Füßen. Damals.

Sicher haben sie ihn schon begraben. Das muss schnell gehen im Sommer. Tot und begraben ist er, so wie sein Mentor, der Kaiser Karl. Zur falschen Zeit in die richtige Stadt gekommen, der rote Priester. Der Kaiser hätte ihm sicher seinen Platz gegeben unter den Ersten im Wiener Musikleben. In Venedig wollten sie ihn nicht mehr. Unmodern geworden. Gestorben an gebrochenem Herzen, an der Armut und an seinem alten Lungenleiden. Er hat nicht mit dem Fächer bezahlt, nein. Der Sterbende hat ihm das Etui wie eine generöse Gabe in die Hand gedrückt und seiner versagenden Stimme das »Für Ihre Frau« abgerungen. Nein, anders hatte er es gesagt, geflüstert, geröchelt: »Per la vostra amata.« Der Arzt lächelt, das passt besser zu dem leidenschaftlichen Venezianer.

Rebekka will das alles nicht wissen. Sie ist zurück in die Schlafkammer zum Kinderbettchen geeilt. Alles Galante, Prächtige ist ihr verdächtig. Sünde. Auch diese Art von Musik, wie man sie in Wien mit so viel Pomp und Aufwand betreibt.

Der Arzt versenkt sich noch einmal in die liebevoll gemalten Bilder, eingerahmt von Blüten- und Weinranken. Auf den Elfenbeinstäben fallen ihm vergoldete Musikanten ins Auge. Ein Musikant, ein Geigenvirtuose, ist er gewesen, dieser armselige zusammengekrümmte Mann mit dem roten Haarschopf, der heute an seinem inneren Feuer elend zugrunde gegangen ist. Antonio, der Venezianer, der berühmte Musikus, der begnadete Kompositeur, der mit seinem unerschöpflichen Reichtum an göttlicher Musik die Welt beschenkt hat. Baruch stöhnt leise auf, schiebt den Fächer zusammen, steckte ihn ins Etui und geht damit in die Kammer. Die Kerze brennt noch. Rebekka ist schon in die Bettstatt gestiegen. Sicher wartet sie noch auf ihn. Aber vorher, vorher muss er noch zur Wiege treten. Leise legt er das Etui ins Bettchen, dorthin, wo die Füßchen sich frei gestrampelt haben. »Für dich Rachel«, sagt er leise, »für dich. Ein Geschenk vom großen Vivaldi.«

Er weiß, dass Rebekka ihn hört, und ist sicher, dass sie das Etui, ohne es zu öffnen, aufbewahren würde bis zu Rachels Hochzeit. Gut so. Ergriffen betrachtet Baruch die winzigen, vollkommenen Zehen seines Töchterchens und zieht dann die leichte Decke darüber. Er löscht die Kerze und kleidet sich aus.

Als er ins Bett schlüpft, um den Trost zu finden, den nur seine Rebekka ihm zu geben versteht, klingt immer noch eine Geigenmelodie in ihm nach: das Hirtenlied aus Vivaldis *Sommer*, schwermütig und süß. Da lässt ein Donnerschlag die Scheiben erzittern, ein Regenstakkato setzt ein, das Grollen verstärkt sich. Das Sommergewitter als Abschiedsdonner für den Meister der Jahreszeiten.

Rebekka zieht Baruch an sich. Sie weiß, sie ist stärker als die Naturgewalt, stärker als die Gewalt der Trauer in seiner Seele.

―

Baruch Sofer wird steinalt. Er erlebt – kahlköpfig und mit schlohweißem Bart – noch das Jahr 1800 und die Hochzeit seiner Urenkelin Serafina mit Simon Tannenberg, dem Erben eines aufstrebenden Handelshauses, Import und Export zwischen Zarenreich und Habsburgerreich mit Sitz in Czernowitz, der östlichsten Stadt der Habsburgermonarchie. Bei Serafinas tränenreichem Abschied von Wien gibt ihr der greise Baruch neben rituellen Segenssprüchen auch einen geflüsterten Auftrag mit auf den Weg.

»Du hast den Fächer mit den Jahreszeiten dabei, hüte ihn gut und vergiss nicht: Jedes Mal, wenn der Fächer weitergegeben wird, muss seine Geschichte überliefert werden. Er ist ein Geschenk des großen Musikers Vivaldi an den Judendoktor Baruch Sofer.«

Für Serafina ist Vivaldi ein Unbekannter, aber der Fächer eine kostbare Erinnerung an ihren Urgroßvater.

―

In Serafinas Lebenszeit fällt der Aufstieg des abgelegenen Städtchens Czernowitz zu einem repräsentativen Zentrum mitteleuropäischer Kultur und auch die Erhebung der verdienten jüdischen Kaufmannsfamilie Tannenberg in den Adelsstand. Als Frau von Tannenberg hat Serafina ihren Logenplatz in der Czernowitzer Oper. Da singen sich strahlende Tenöre schmachtend ins Herz der Schönen, da ergehen sich Koloratursängerinnen in dramatischen Verstrickungen und da läuft ein flirrendes Spiel von Loge zu Loge: Jede Bewegung des Fächers eine Botschaft! Serafina beherrscht dieses folgenlose Verlockungsritual mit dem Jahreszeitenfächer ihres Urgroßvaters virtuos. Aber wirklich untreu wird sie ihrem Mann nie. Sie ist ja nicht meschugge!

Als die neunzigjährige Serafina auf dem Totenbett den geliebten Fächer ihrer Urenkelin Viktoriana schenkt, gibt sie auch die Geschichte vom in die Vergessenheit geratenen Meister Vivaldi mit, der sogar Opern geschrieben haben soll, die nirgends mehr aufgeführt werden.

―

Mit Viktoriana reist Vivaldis Fächer noch weiter nach

Osten, nach St. Petersburg. Ein hochrangiger russischer Offizier im diplomatischen Dienst, Oleg Fürst Nikiporoff, heiratet die reizende Baronesse Tannenberg. So glamourös die ersten zwanzig Ehejahre Viktorianas in den russischen Adelskreisen verlaufen, so schrecklich werden die Gräuel der Revolution und der Kriegsjahre. Oleg, der zarentreue Offizier, kommt schon 1917 um, die Söhne fallen in den letzten Kriegstagen.

Viktoriana versucht sich mit ihrer fünfzehnjährigen Enkelin Olga nach Czernowitz durchzuschlagen, stirbt aber unterwegs, geschwächt von Hunger und Kälte, an einer Lungenentzündung.

—

Die blutjunge Olga kommt im Winter 1920 völlig abgemagert, mit verfilztem Kurzhaar und in vor Schmutz starren Männerkleidern im inzwischen rumänisch gewordenen Czernowitz an.

Dort nimmt der weitverzweigte Tannenberg-Clan die kleine Nikiporoff als zur Mischpoche gehörend mit großer Selbstverständlichkeit auf, obwohl sie die Tochter eines russischen Goi ist. Olga lebt abwechselnd bei den Familien von Onkeln und Tanten und kann im deutschsprachigen Gymnasium ihre Schulausbildung nachholen. Dass in dem plumpen Soldatenmantel, in dem sie angekommen ist, der Schmuck ihrer Mutter eingenäht ist, verschweigt sie, denn damit will sie irgendwann ihren Traum verwirklichen und nach Amerika auswandern.

Zwischen Olga und einer ihrer vielen Cousinen, der jüngeren, hochbegabten Geigerin Frida Tannenberg – das *von* ist inzwischen abhanden gekommen – entwickelt sich eine tiefe Freundschaft. Die beiden jungen Frauen genießen die Atmosphäre der Stadt, die ihre kulturelle Identität samt der deutschen Sprache noch über den Zusammenbruch der Monarchie hinaus bewahrt hat. Die intellektuelle jüdische Avantgarde philosophiert und diskutiert, dichtet und musiziert und hält ihre künstlerischen Visionen für unzerstörbar.

Cousine Frida heiratet jung. Ein vielversprechender Künstler, Elias Kohn, Maler und Bildhauer, hat ihr Herz erobert. Die Karriere lässt auf sich warten, der Familienzuwachs nicht.

Ein Töchterchen, Judith, kommt sehr bald nach der Hochzeit zur Welt. Dass das Mädchen wie die biblische Heldin Judith nur mit äußerstem Mut und listiger Durchtriebenheit die Wirren seines Lebens meistern würde, ahnen weder die Eltern noch Olga, die Judith sofort ins Herz schließt.

Um die Gunst der schönen Olga aus St. Petersburg bewirbt sich eine Reihe von hoffnungsvollen jungen Männern. Sie lässt alle abblitzen. Zu schrecklich ist, was sie im Krieg an männlicher Gewalt erlebt hat, als dass sie jemals wieder eine intime Nähe zu einem Mann ertragen könnte. Aber sie braucht das Dazugehören zum Kreis der jungen Idealisten, die die Welt verbessern wollen und dabei auch das Feiern und Lachen nicht vergessen. Keiner von ihnen will wahrhaben, wie unaufhaltsam die

Bedrohung durch den Antisemitismus im Westen wie im Osten anwächst.

1941 ist es so weit: Czernowitz bekommt sein Ghetto und die Wohnung Frida Kohns liegt mitten drin. Mehr als 50000 Menschen werden im Ghetto ohne Fluchtmöglichkeiten zusammengedrängt. Hunger und Kälte, Zwangsarbeit und unsägliche hygienische Bedingungen raffen Elias Kohn aus dem Leben, noch bevor er zum Abtransport ins ukrainische Vernichtungslager an der Reihe ist. Frida, von ständiger Angst vor den Deportationen gequält, flüchtet sich in eine irreale Welt. Ihre Geige wird zum einzigen Faden, mit dem sie noch an das Leben gebunden ist. Das *Kind*, die fünfzehnjährige Judith, kämpft wie eine Ratte ums Überleben. Dank der spitzfindigen Methoden, mit der die *Russin* Nikiporoff ihnen Lebensmittel zukommen lässt und für beide einen Fluchtweg und ein Versteck findet, entkommen Mutter und Tochter Kohn dem Holocaust.

―

Czernowitz
März 1944

Da sitzen sie nun in einem schäbigen, kahlen Zimmer: Olga auf dem einzigen Sessel, Frida und ihre Tochter Judith auf der Bettpritsche. Endlich frei! Sie sollten all drei dankbar und glücklich sein, fühlen aber nichts als Erschöpfung.

Olga, die Pragmatische, hält sich nicht damit auf, um Verlorenes zu trauern. »Wir müssen essen«, sagt sie und schaut mitleidig auf die beiden ausgemergelten Figuren vor ihr. Auch Olga ist nur mehr ein Schatten ihrer selbst. »Vom Schmuck meiner Mutter ist nichts mehr übrig, alles verhökert. Dahin! Verkauft, verscheppert, das meiste für eure Flucht aus dem Ghetto.«

»Ich kann stehlen gehen«, sagt Judith, »ich kann das gut.«

Olga ist erleichtert. Wenigstens das *Kind* zeigt Überlebenswillen. Frida scheint nichts von ihrer Umgebung wahrzunehmen, stiert ins Leere. Ob das noch einmal besser wird?

Diesen Tag der Freiheit für Frida und Judith hat Olga monatelang herbeigesehnt, erbetet und erkauft mit allem, was sie hatte. Nicht einmal ein Tisch ist ihr geblieben. Ein Häufchen alter Kleider in der Ecke, eine Schuhschachtel mit ihren letzten Habseligkeiten und – auf der Pritsche – die Geige. Fridas Geige! Aus dem Ghetto gerettet und auch in größter Not nicht verscherbelt. Aber nichts, keine Reaktion von Frida. Sie berührt ihre geliebte Geige nicht einmal, sitzt mit dem Rücken zum Instrument, als hätte sie es nicht gesehen. Schweigt und starrt ins Nichts.

»Zeig her, was du noch hast«, sagt Judith. »Ich verkauf es, ich kann schachern wie ein Jud.« Olga zuckt zusammen, aber Judith fährt ungerührt fort, »das hab ich im Ghetto gelernt, auf Deutsch, auf Jiddisch, auf Rumänisch auch.«

»Das Jiddisch wird dir nicht mehr viel helfen«, murmelt Olga, »außer euch beiden kenne ich keine Juden mehr in der ganzen Stadt.«

Olga geht zur Ecke, wo die Schuhschachtel steht, bringt sie zu Judith und schüttet ihren Inhalt auf den Boden. Ein Löffel, ein Messer, eine Rolle Bindfaden, ein verschnürtes Paket Papiere. »Meine und eure Geburtsurkunden und Zeugnisse«, sagt Olga, »sonst nichts.«

»Und das?«, fragt Judith und schält mit fliegenden Fingern etwas Schmales, Hartes aus einem brüchigen Wachstuch. Ein Etui aus lackiertem Holz schnappt auf.

»Der Fächer der Fürstin. Meiner Großmutter.« Olga blickt in die gierigen Augen Judiths. »Ein schäbiger alter Fächer. Bringt heutzutage nichts!« Um den hochsteigenden Tränenschwall zu bändigen, klammert sie sich an die wenigen Details, die ihre todkranke Großmutter Viktoriana ihr während der Flucht erzählt hat.

»Der Fächer gehörte einst dem berühmtesten Mann in Venedig. Aber Ruhm ist kurz, heute kennt ihn kein Mensch mehr.« Olga hält inne, sie merkt, dass sie die Stimme ihrer Großmutter imitiert hat. Doch die Geschichte stimmt nicht mehr, denkt sie, Vivaldis Musik war in der Kriegszeit wiederentdeckt und vielfach aufgeführt worden. Laut sagt sie: »Wie auch immer – der große Mann ist verarmt in Wien gestorben. Sein Arzt war unser gemeinsamer Urahn Baruch, dem hat er den Fächer auf dem Sterbebett vermacht.«

»Wer?«, fragt Judith aufhorchend. Etwas hat ihre Starre durchbrochen.

»Antonio Vivaldi.«

Frida zuckt wie unter einem elektrischen Schlag zusammen. Sie will aufspringen, fällt wieder zurück aufs Bett, atmet schwer. »Vivaldi! Ist das wahr? Du hast mir nie davon erzählt!«

Nein, Olga hat nicht einmal ihrer besten Freundin von den Schätzen der Fürstin erzählt. Vieles ließ sich leichter ertragen mit dem Gedanken, dass sie damit ihre Überfahrt und die erste Zeit in Amerika finanzieren könnte. Jetzt ist alles weg – bis auf den Fächer.

In Fridas Augen kommt Leben. Ihre Finger beginnen zu zittern. »Antonio Vivaldi«, flüstert sie. Dann lauter, mit rauer Stimme: »Vivaldi!«

Ruckartig steht sie auf, dreht sich um, fixiert die Bettpritsche. Da liegt die Geige, ihre Geige! Sie nimmt sie auf und beginnt mit schlafwandlerischer Bewegung die Saiten zu stimmen. Zaghaft versucht sie ein paar Läufe, brüchig und ungelenk klingt es. Sie lässt das Instrument sinken und blickt mit Tränen in den Augen auf ihre knochigen Finger.

Olgas Herz hämmert. Würde Frida weitermachen oder erneut in Hoffnungslosigkeit versinken?

Langsam, mit unendlicher Anstrengung, hält Frida noch einmal die Geige ans Kinn, setzt den Bogen an und spielt. Matt und schleppend zuerst, den Bogen immer wieder absetzend, atemholend. Und dann das Unglaubliche: Der Bogen bewegt sich wie von selbst, die Finger tanzen über das Griffbrett, die Melodie zittert, sinkt in sich zusammen, hebt sich von Neuem und füllt den Raum mit Vogelstimmen. Drängende Akkorde, neues Atemholen. Ein Melodiebogen baut sich auf. Sommerlüftchen vibrieren. Als Frida nach einigen sehr schnellen Läufen plötzlich die Geige sinken lässt, schauen die beiden anderen Menschen im Raum einander erschrocken an. Ein Tor zu einer irrealen Welt hat sich aufgetan. Würde es wieder zufallen? Da hebt Frida die Geige noch einmal ans Kinn. Ein Klagelied steigt auf, schmerzvoll schön, leicht und schwebend. Während die Geige singt, legt sich ein feuchter Schimmer über Fridas Augen. Als das Lied leise verklingt, ist ihr Gesicht tränennass, doch sie lächelt. Zum ersten Mal seit sehr langer Zeit.

»Vivaldi«, sagt sie, räuspert sich, hustet, greift sich an den Hals. Die Stimme gehorcht ihr weniger als das Instrument. »Der Sommer aus den Jahreszeiten. Le Quattro Stagioni. Die Klage des Hirten. Das Violinsolo. Das habe ich einmal gespielt, mit der Czernowitzer Philharmonie.«

Frida legt die Geige vorsichtig auf die Pritsche, setzt sich hin. Ihr Oberkörper sinkt in sich zusammen, er wird von einem stoßweisen, trockenen Schluchzen geschüttelt. Judith blickt hilfesuchend auf Olga. Diese nickt nur. »Es ist gut so. Lass sie weinen.«

Es wird längst nicht alles gut. Fridas zerrüttetes Gehirn findet nur selten in die Realität zurück. Olga will bei der kranken Freundin bleiben und gibt ihren Traum auf: Für sie würde es kein neues Leben in Amerika geben. Für sie nicht – aber ist das nicht die einzige Chance für die junge Judith? Fort von Czernowitz! Gewitzt nützt Olga ihre russischen Sprachkenntnisse, schließlich kann sie Judiths Ausreise bewerkstelligen.

1946 verlässt Judith Kohn ihre Heimatstadt und die beiden Menschen, denen sie alles bedeutet. In ihrem Koffer liegt das Etui mit dem Fächer, den ihr Olga beim schmerzlichen Abschied anvertraut hat. Ist er nicht ein Zeichen dafür, dass Wien, die Stadt, in der Vivaldi seine letzte Lebenszeit verbracht hat, auch Judith mit offenen Armen aufnehmen wird?

Ganz und gar nicht. Die viergeteilte Hauptstadt Österreichs hat für das *Russenmädchen* aus der nunmehr Ukrainischen Sozialistischen Sowjetrepublik keinen Platz. Schifftickets nach Argentinien werden angeboten. Während der Überfahrt, die fünf Wochen dauert, erlernt Judith die spanische Sprache mit dem typischen Porteño-Akzent von Buenos Aires. Dabei ist ihr ein attraktiver Italo-Argentinier behilflich. Er tanzt hinreißend Tango, macht ihr Avancen und betört das lebenshungrige Mädchen, sodass Judith, kaum in Buenos Aires angekommen, dem geschniegelten Carlos ihr Jawort gibt und zu Señora Judít de Gardella wird.

Argentinien, mit seinen unendlichen Weiten, nicht vom

Krieg zerstört, kann es sich leisten, die Kohns und die Eichmanns gleichermaßen freundlich aufzunehmen. Eine ganze Generation von Migrantinnen drängt auf die Universitäten in Buenos Aires, La Plata und Córdoba, Frauen, die der Weltkrieg um Jugend und Studium gebracht hat. Hochintelligent, freiheitsdurstig, unfähig, sich einem eitlen Macho zu unterwerfen, gehen sie ihren Weg.

Für Judith, das Mädchen aus dem Czernowitzer Ghetto, ist Buenos Aires das Nonplusultra. Auf den überbreiten Avenidas und weiten Plätzen saugt sie begierig den Atem der Freiheit ein. Sie macht sich das Wesen der Stadt zu eigen, genießt das kulturelle Angebot in den Theatern und Konzertsälen, die spektakulären Opernvorstellungen im Teatro Colón, flaniert durch die Straßen mit Buchhandlungen an jeder Ecke und durch das pittoreske San Telmo mit seinen Antiquitätengeschäften und der von Musik und Tauben flirrenden Plaza.

Nur auf die authentische Musica Porteña, den Tango, reagierte sie noch lange abwehrend – aus der Verbindung mit dem allzu sehr von sich eingenommenen Señor de Gardella war sie ja sehr bald ausgebrochen und hatte sich geschworen: Nie wieder ein Macho!

Den windigen Tangotänzer hat sie ohne Gram und ohne Erinnerungsrückstände aus ihrem Leben gestrichen. Das Bild ihrer halb verhungerten, halb verrückten, geigespielenden Mutter kann sie nicht verdrängen. Sie schickt Brief um Brief nach Czernowitz. Keine Antwort. Jahre später soll sie erfahren, dass Frida Kohn aufgrund ihrer deutschen Muttersprache eine potentielle Staatsfeindin ist, weder ihr noch Olga Nikiporoff ist es erlaubt, Briefe aus dem Ausland zu empfangen.

Die Ungewissheit über das Schicksal ihrer Mutter quält Judith. Soll sie nicht wenigstens das Erbe ihrer Mutter hochhalten, Violine spielen, Musik studieren? Judith weiß, sie ist begabt, aber es ist zu spät für eine musikalische Karriere.

Sie lernt mit Leichtigkeit, auch in der neuen Sprache, strebt auf die Universität. Rastlos und brillant absolviert sie mit einem Stipendium ein Germanistikstudium und etabliert sich sehr bald unter dem Namen Judít Kohn als Dozentin für Deutsche Literatur.

Musik – das ist ihre große, heftige, doch unglückliche Liebe. Nichts kann sie so beseligen wie die Schönheit eines Geigensolos, ein Glück, das nur um den Preis schmerzlicher Erinnerungen und dumpfer Schuldgefühle zu haben ist.

Im reichen Buenos Aires gastieren die besten Orchester und Solisten der Welt, Judít ist bei jeder Aufführung präsent – Tangokonzerte ausgenommen. Letztendlich aber ist sie viel zu musikalisch, um auf die Dauer der Faszination Astor Piazzollas zu widerstehen. Sein Konzerttango erschließt ihr die Seele der Stadt.

Mit dieser Freude an der Musik und an ihrer – allerdings schlecht bezahlten – Lehrtätigkeit gelingt es Judít, sich ein Leben in Ausgeglichenheit und materieller Anspruchslosigkeit einzurichten.

Buenos Aires
März 1976
Judíts 50. Geburtstag

Sie will den Tag nicht wie jeden anderen vorübergehen lassen und macht sich selbst ein Geschenk: ein Tangokonzert in einem kleinen Theatersaal aus der Jahrhundertwende. Sie erwartet nicht viel, die glanzvollen Zeiten Argentiniens sind vorbei. Die Peronisten regieren das Land mit harter Hand. Piazzolla ist nach Italien emigriert, aber Judít hat längst die originalen Tangos Porteños mit ihrer morbiden Schönheit für sich entdeckt.

In einer Loge sitzend, lässt sie ihren Blick über die schon leicht angestaubte Dekoration, die schütter besetzten Ränge und die betagten Herrschaften im Parkett schweifen. Zur Feier des Tages hat sie ein Samtkleid angezogen, die Haare aufgesteckt, eine Bernsteinkette und Bernsteinohrgehänge angelegt. Dazu passt Tante Olgas Vivaldi-Fächer.

Als der Dirigent auf die Bühne kommt, muss sie an die Franz-Liszt-Büste auf Tante Olgas Pianino denken. Tante Olga – wo ist sie jetzt? Judít gelingt es, ihre düsteren Gedanken zu verscheuchen und sich mit leicht amüsiertem Lächeln dem Maestro zuzuwenden, der sich mit seinem Bandoneon vor dem Orchester platziert. Unglaublich, was dieser lächerliche Franz-Liszt-Verschnitt aus dem Balg hervorzaubert, den er auf den Knien hin und her bewegt, während er mit dem Zucken seiner Schultern den Takt angibt. Er gestikuliert, als würden seine Gelenke bei Synkopen ausrasten und bei sentimentalen Terzen einrasten.

Eine Ziehharmonika schluchzte im Ghetto – por Dios!, sie muss das vergessen!

Geigen schmachten im Dialog mit den Celli, Fagotte klagen dazu, das Bandoneon heult in Dissonanzen auf, um wieder mit einem schmerzhaft schönen Melodienbogen direkt ins Herz zu zielen und dann in schnellem, scharfem Rhythmus jedes Gefühl aufzuspießen.

Judít kann es nicht verhindernd, dass ihre Gedanken in die Schatten ihrer Kindheit in Czernowitz abgleiten. Tante Olga spielt auf dem Pianino, die Mutter hebt die Geige ans Kinn. Stiefelschritte! Ramm tamm! Die dröhnen nicht nur in ihrem Kopf, die kommen von der Bühne! Ramm tamm, ramm tamm, es nimmt kein Ende. Dazwischen irres Geklapper, ein makabrer Tanz von Skeletten. Judít erschrickt. »Soy loco? Bin ich verrückt geworden?« Sie ruft sich zur Ordnung. Natürlich, sie kennt das Stück. *Verano Porteño*, der *Sommer* aus Piazzollas *Jahreszeiten*. Nur – so hat sie diese Musik noch nie aufgenommen. Ramm tamm, ramm tamm. Sind es die schweren Schritte eines paramilitärischen Todesschwadrons? Ramm tamm, ramm tamm. Das Bandoneon jault auf wie ein getretener Hund. Ein unheimlicher Sirenenton. Am liebsten würde sie aufstehen und gehen. Die Stiefelschritte verlieren sich ins Dunkle. Das

Bandoneon beginnt eine herzzerreißende, von Zittern unterbrochene Klage. Sterbenstraurig. Ob es wahr ist, dass der sterbende Vivaldi einem ihrer Vorfahren diesen Fächer vermacht hat? Ist Sterben so wie diese Musik? Diese Dissonanzen voller Angst, dieses Aufbäumen und Zucken? Unvermittelt ein letzter harter Akkord und – Ende. *Verano Porteño*. Sterben im Sommer. Beifall. Pause. Judít rührt keine Hand. Sie fühlt sich alt und todmüde. Bleibt sitzen, obwohl sie lieber gehen würde. Es war keine gute Idee, zum Geburtstag hierher zu kommen.

Nach der Pause ist alles anders. Ist sie Halluzinationen erlegen? Die Musiker spielen brillant, die Stücke klingen wie immer. Judít liebt den konzertanten Tango, die menschliche Stimme stört sie dabei. Da ist einer in der Nachbarloge, der leise mitsingt. Judít hebt den Fächer, bewegt ihn elegant vor dem Gesicht hin und her und späht über den Rand in Richtung Störfaktor. Ein distinguierter Herr fängt ihren Blick auf und erwidert ihn herausfordernd: Wird sie ihn rügen oder seine Musikalität bewundern? Mit einem Seufzer des Bandoneons geht gerade der irrwitzigste Tango Piazzollas zu Ende, die *Ballade für einen Narren*: Loca ella y loco yo … sie verrückt und ich verrückt.

Judít hat sich von der beglückenden Leichtigkeit des Verrückten mitreißen lassen. Jetzt applaudiert sie. Der traurig-surrealistische Text hat sie unbegründet fröhlich gestimmt. Für den Konzertbesucher, der nebenan begeistert klatscht, hat sie ein verschwörerisches Lächeln übrig. Das ist der Augenblick, in dem Don Martín Moreno mit einer Einladung zu einem Cafesito in ihr Leben tritt. Ein Dichter und Sänger ist er. Nicht die große Liebe, aber wohltuend und geeignet für eine Liaison auf Distanz.

Eine Woche später putscht die Militärjunta. Die Repression, unter der das Land schon unter Isabel Perón gelitten hat, steigert sich ins Unvorstellbare. Tausende Menschen werden entführt, verhaftet, gefoltert und getötet. Niemand ist vor Denunziation sicher. Eine bedrückend-unheilvolle Zeit für Judít, die auf die Atmosphäre der Verfolgung besonders empfindlich reagiert.

—

Im argentinischen Winter wird es sehr früh dunkel. Als Judít von der Arbeit kommend die Haustür ihres Wohnblocks aufsperrt, löst sich aus der Ecke hinter den Müllsäcken ein Schatten. Noch ehe sie schreien kann, presst sich von hinten eine Hand auf ihren Mund, ein Arm fasst sie um die Schultern und stößt sie ins Stiegenhaus.

»Kein Licht«, zischt es ihr ins Ohr. Vor Angst wie gelähmt erwartet Judít den tödlichen Schlag auf den Kopf. Doch sie wird weiter gestoßen, die Stiegen aufwärts, bis zu ihrer Wohnungstür im 3. Stock.

»Aufsperren!«
»Zuschließen!«

Die Hand über dem Mund lässt los. Judít röchelt um Luft. Licht flammt auf.

»Perdón«, sagt der Unhold mit einer Frauenstimme, schält sich aus der Vermummung und setzt sich ohne Umstände an den Küchentisch – es ist eine zierliche Frau mit schwarzem Kraushaar und einem harten, entschlossenen Blick.

»Tut mir leid, die Umstände unserer Bekanntschaft sind nicht die besten. Ich hatte keine andere Wahl. Mein Name ist Aymara Moreno.«

Judít fasst sich. Eine eifersüchtige Ehefrau, die ihr Martín verschwiegen hat? Die lebensbedrohliche Szene – nur eine drittklassige TV-Novela?

»Schickt Sie Martín?«, fragt Judít, nicht ohne eine gewisse Süffisanz in der Stimme.

»Der schickt niemanden mehr, so wahr ihm Gott helfe, ist er tot.«

Judít erschrickt. Diese Frau – eine Mörderin?

»Setz dich und hör mir zu«, befiehlt die Kraushaarige. »Sie haben ihn hopsgenommen, die Milicos. Heute Nachmittag, in der Bar El Obrero. Rein in ein Militärauto und ab in die Hölle! Wenn er Glück hat, ist er tot. Sonst helfe ihm Gott, die Folter ist unmenschlich. Ich weiß das. Sie haben meine Genossen gefoltert, Elektroschocks, Untertauchen bis zum Ersticken, Tritte, fünf Leute in eine winzige Zelle gedrängt, stehend, Tag und Nacht im eigenen Kot.«

»Bitte«, sagt Judít und greift sich ans Herz, »bitte hören Sie auf!«

»Keiner kann garantieren, dass er nicht unter der Folter zum Verräter wird.« Aymaras Stimme klingt gefährlich entschlossen. »Alles klar? Nicht mit mir. Mit mir nicht!«

»Bitte«, sagt Judít flehend, »was wollen Sie von mir?«

»Geld und Pass und Unterschlupf, bis ich abreise.«

»Ich? Ich soll Sie verstecken? Das ist lebensgefährlich! Warum gerade ich?«

Aymara ist im organisierten Widerstand. Sie weiß um jeden Schritt ihrer Genossen Bescheid, auch um jeden Schritt ihres Mannes. Selbstverständlich. Als Aymara die Geliebte ihres Mannes das erste Mal gesehen hat, stand ihr Plan fest. Sollte sie je fliehen müssen, würde sie mit dem Pass dieser Frau ausreisen: gleiche Größe, gleicher Teint, gleiche Augen, gleiches Alter. Die Haare ließen sich glätten.

Judít kapiert schnell. Alles in ihr sträubt sich, nie wieder wollte sie in eine solche angstbesetzte Situation kommen. Sie muss einer politisch Verfolgten helfen, keine Frage, auch sie hat ja im Versteck überlebt. Damals. Zu einer Zeit, an die sie nicht erinnert werden will.

»Ich bin keine Terroristin«, sagt Aymara. Judít ist sich da nicht so sicher. Sie begreift, dass sie gegen die eiserne Zielstrebigkeit dieser Frau keine Chance hat. Ein Flugticket nach Frankfurt! Woher das Geld nehmen?

Judít verkauft und versetzt binnen einer Woche fast ihre ganze Habe. Es reicht nicht.

»Der Schmuck, wo ist der Schmuck«, insistiert Aymara und durchwühlt den kümmerlichen Rest des

Wohnungsinhaltes, bis sie auf ein schmales Etui aus lackiertem Holz stößt.

»Du hast gelogen«, schreit sie, »du hast noch Schmuck!«

Das hatten wir schon einmal, denkt Judít.

Vivaldis Fächer! Es ist Judít nicht bewusst, dass er mehr als nostalgischen Wert hat. Aymara beauftragt Judít, den Fächer zu einem Trödler in San Telmo zu bringen. Judít soll ohne Aufschub mit dem Erlös, dem Bargeld aus den Notverkäufen und dem Pass in einem bestimmten Reisebüro den Flug für den nächsten Tag buchen.

»Dann bist du mich los«, sagt Aymara trocken.

―

Buenos Aires
15. Jänner 1977
Argentinischer Hochsommer - Verano Porteño

Auf dem Weg nach San Telmo sitzt Judít nicht allein im Bus. Ein Golem hockt neben ihr und flüstert ihr ein, sie dürfe ihre Identität nicht verschenken. Nicht den Pass, nicht den Fächer. Im pittoresken Altstadtviertel, in dem man früher die Tangotänzer, Bandoneonspieler und Massen von Touristen antraf, dort, wo das historische, viel fotografierte Kopfsteinpflaster beginnt, wächst ein olivgrünes Gebäude aus dem Boden. Militärwagen parken davor.

Judít steigt aus dem Bus, den Golem im Nacken.

Ich kann dieses Spiel nicht mitspielen, redet sie sich ein und bleibt stehen. Ich habe in meinem Leben genug Angst ausgestanden. Was, wenn sie meine Verbindung mit Martín Moreno entdecken? Was, wenn sie nach meinem Pass fragen? Was, wenn sie mich abholen? Die bedrängenden Erinnerungen an das Ghetto überspülen sie wie eine mächtige Woge und rauben ihr die Luft. Nie wieder Gefangenschaft, denkt sie. Vor ihr die Polizeistation. Ein Schritt hinein, ein Hinweis – und wenn sie nach Hause käme, wäre die Wohnung leer und alles wie früher.

Da hört sie eine Frau in Todesnot schreien. Das Schreien kommt aus dem grünen Haus, das sie ansaugt wie der Wasserstrudel einen verzweifelnden Schwimmer.

Judít atmet tief durch und läuft entsetzt weiter. Sie war nahe daran gewesen, sich selbst abhanden zu kommen. Nein! Das wäre viel schlimmer, als den Pass zu verlieren!

Sie findet den von Aymara genannten Laden und legt den Fächer aufgeklappt vor den Händler. Mit gehetztem Blick nimmt sie Abschied von den *Vier Jahreszeiten* und den Musikanten auf den Stäben. Sie murmelt Aymaras Decknamen, »Arajankhu – Skorpion«, in der Sprache der Aimara-Indios.

Der Händler blickt nicht auf, prüft den Fächer sorgfältig und drückt ihr dann vierhundert Dollar in die Hand.

—

Das Ticket erhält Judít problemlos. Lufthansa nach Frankfurt, 21:30 Uhr.

Am nächsten Abend verabschiedet sich Aymara mit einem rauen »gracias«. Judít spricht den Gedanken aus, der sie Tag und Nacht peinigt: »So wie du und deine Genossen über mich und Martín Bescheid gewusst haben, so werden die Milicos auch auf mich kommen. Und dann habe ich keinen Pass, um zu fliehen. Dann bin ich dran!«

»Wenn sie dich schnappen, haben sie nur eine unnütze Gefangene. Wenn sie mich schnappen und foltern, haben sie Informationen über ein halbes Hundert Leute, die müssen dann alle daran glauben. Alles klar?« Aymara hebt ihre rechte Hand, formt die Finger zu einem V und flüstert heiser: »Venceremos! Venceremos!«

Judít schiebt Aymara zur Tür hinaus. Sie zittert am ganzen Körper. Fluchtartig verlässt sie die Wohnung. Es gibt sie noch, die verrauchten Bars, wo man bei ein paar Gläsern Rotwein bei Tangos und Milongas unerkannt die Nacht verbringen kann. Die Stunde der Milicos ist das Morgengrauen. Die Bar schließt um 6 Uhr früh. Judít irrt bis zur Mittagsstunde durch die Straßen von Buenos Aires. Als sie wieder vor ihrer Wohnungstür steht, sieht sie, dass alles ist, wie sie es verlassen hat. Aymara ist in Sicherheit.

—

Nie erfährt Judít, was genau zum Verlust ihres Arbeitsplatzes geführt hat. Es muss nichts mit Aymara zu tun haben, Denunziantentum ist allgegenwärtig. Sie will sich mit Nachhilfestunden durchschlagen, aber die Schüler bleiben weg. Sie hungert und friert. Sie fühlt sich krank und hat Angst davor, ein Spital aufzusuchen. Wer ist sie? Ohne Ausweis, ohne Arbeit, ohne Krankenkasse? Sie hat alle ihre Freunde verloren. Die einen verschwunden, verhaftet, gefoltert, umgebracht, die anderen hält die Furcht ab, mit einer nicht mehr unverdächtigen Person in Kontakt zu sein.

La profesora beginnt in Mülltonnen zu wühlen, sammelt alles, was sich zu Geld machen lässt: Bierdosen, Plastikflaschen und Verpackungskartons. Da und dort kommt ihr etwas Wertvolles unter die Finger, sie kennt Hehler und Diebe, die so gerissen sind, dass sie vom engmaschigen Netz der Militärs nicht erfasst werden. Ist sie noch sie selbst? Ja, sie ist wieder Judith, das Mädchen aus dem Ghetto, das sich mit eisernem Willen, List und Findigkeit am Leben zu halten gelernt hat.

Nach einem Jahr findet sie in unregelmäßigen Abständen Briefumschläge mit Banknoten, die ein Unbekannter durch den Türschlitz wirft. Argentinische Pesos, nie dieselbe Summe. Bald merkt sie, dass die Sache System hat und sie mit umgewechselten sechzig Dollars im Monat rechnen kann. Sie schließt daraus, dass Aymara immer noch ihre Fäden in Argentinien zieht, vermutlich als angebliche Judith Kohn von Wien aus. Ungefährlich ist das nicht für die echte Judít in Buenos Aires. Aber sie kann sich jetzt einen gebrauchten Kassettenrecorder kaufen. Hunderte Musikkassetten mit klassischer Musik von Händel bis Verdi liegen bei den Trödlern herum. Relikte einer Generation gebildeter junger Menschen, die von der Militärjunta unbarmherzig dezimiert worden sind.

Hungern muss Judít nicht mehr. Aber es bleibt beim Abfallsammeln, bei obskuren Gelegenheitsarbeiten und Botengängen. Ohne dass es ihr bewusst ist, ist sie in die Welt der Halbkriminellen eingetaucht und zu einem winzigen Rädchen im Widerstand geworden. Dabei bleibt sie einsam. Sehr einsam. Stundenlang hört sie ihre Kassetten. Sie kann die Musik bald auswendig.

An einen Sommertag entdeckt sie auf einem Stand in San Telmo unter einem Berg ziemlich lädierter Kassetten *Vivaldis Jahreszeiten*. Der *Sommer*! Die Geige! Die Mutter! Freude und Schmerz. Der Fächer fehlt ihr, sie will ihn suchen und zurückkaufen. Aber das schöne Stück ist ebenso verschwunden wie der Trödler, dem sie es verkauft hat. Untergetaucht oder tot, ein Genosse Aymaras.

―

Im argentinischen Winter 1983 bricht die Militärjunta den Falklandkrieg vom Zaun. Die demütigende Niederlage bringt das Ende der Diktatur.

Im Oktober, dem argentinischen Frühling, bekommt Judít von einem Trödler in San Telmo einen

Umschlag in die Hand gedrückt. »Von Aymara«, sagt er, »und du sollst sie in Wien besuchen.« Das saloppe *Du* der Genossen! Judít wird klar, dass sie nicht nur mit Geld unterstützt worden ist. Die Genossen hatten all die Jahre ein Auge auf sie. Der Rest von Bitterkeit über das Elend der letzten Jahre schmilzt, noch ehe Judít den Umschlag geöffnet hat. Ein argentinischer Reisepass mit ihrem Foto auf den Namen Sara Kohn de Gardella, ein Flugticket nach Wien mit offenem Abflugdatum, zweihundert Dollar und ein Zettel mit einer Telefonnummer. *Vencimos!,* steht daneben. Wir haben gesiegt!

―

Wien, Konzerthaus
Dezember 1983
Früher Abend, kurz vor Weihnachten

Judith steigt neben Aymara die Stiege zum Mozart-Saal hinauf. Sie sehen sich ähnlich, gleich groß, beide mit kurzem schwarzem Haar, beide überschlank, in einem festlichen kleinen Schwarzen. Man könnte sie für Schwestern halten, die attraktive Judith Kohn und die erschöpft und verbraucht wirkende Sara Kohn.

Mit Judiths Identität hat Aymara ihr Leben in Wien aufgebaut. Sie stilisierte sich als aparte Schönheit mit interessanter Ausstrahlung und fand Zugang zu den besten Kreisen. Liiert mit einem hochrangigen Diplomaten war es ihr gelungen, die Jahre hindurch ihre argentinischen Kampfgenossen zu unterstützen, ohne dass ihr Lebensgefährte etwas davon ahnte.

Die schwerkranke Judith aus Buenos Aires hat sich auf diese Reise gemacht, obwohl sie weiß, dass ihre Chancen, den Krebs zu besiegen, gleich null sind. Einmal noch Wien sehen!

Einer unbestimmten Furcht kann sie sich nicht erwehren. Welche Überraschung wird Aymara dieses Mal für sie parat haben?

Schon in der ersten Stunde ihres Gespräches erklärt ihr Aymara, dass sie wieder ihren richtigen Namen annehmen will.

»Für mich ist es jetzt der richtige Augenblick, meine Karten offen zu legen.« Die alte Durchtriebenheit funkelt in ihren Augen. »Aymara Moreno, Opfer der Militärdiktatur, Kämpferin für die Demokratie, Lebensretterin junger Oppositioneller! Das wird die große Show.«

Ja, sie sind doch Schwestern, denkt Judith. Beide in ihrer Art Kämpferinnen, mutige, listige Kämpferinnen. Nur dass sie, Judith, jetzt immer wieder von großer Müdigkeit überfallen wird, vom peinlichen Bedürfnis sich hinzulegen.

Doch dieses eine, einzige Konzert will sie auf keinen Fall versäumen. Vivaldi! Nicht aus der Kassette mit Nebengeräuschen sondern mit einem ausgezeichneten jungen Orchester.

Judith und Aymara nehmen ihre Plätze in der ersten Reihe auf dem Balkon ein. Aymara hat wieder das schöne, aber nicht ungefährliche Funkeln in den Augen.

»Erinnerst du dich?«, sagt sie, nimmt etwas Längliches aus ihrem Theatertäschchen und legt es vor Judith auf die Balkonbrüstung. Vorsichtig greift diese danach und klappt das schmale Etui aus lackiertem Holz auf. Der Fächer! Die filigranen Elfenbeinstäbe mit den Musikanten! *Die vier Jahreszeiten!* Die Schöne des Frühlings. Die Sommerfrau mit dem Schimmer von Trauer im Gesicht. Der Jüngling mit den Trauben des Herbstes. Der Alte im Lebenswinter.

»Ich erfuhr, dass du danach suchtest und habe meine Netze ausgelegt«, sagt Aymara mit ungewohnter Wärme in der Stimme. »Ich weiß jetzt über alle antiken Fächer in San Telmo Bescheid. Einer mit Jahreszeiten war nie dabei. Dann stieß ich im Wiener Dorotheum auf das gute Stück. Ich konnte es kaum glauben. Ich habe es ersteigert. Für dich, Judith. Und – mil gracias für alles!«

Judith ist tief gerührt. Sie kann nichts sagen, schon rauscht Beifall auf. Junge Menschen an den Instrumenten, der Sologeiger ist der Dirigent. Er gibt das Zeichen und die Streicher setzen ein.

»Oh«, flüstert Judith, »Vivaldi, La Primavera.« Als der Akkord des 3. Satzes verklingt, hört man Judith leise seufzen. «Wie schön. Und jetzt der Sommer.«

Doch nein, die Sologeige tanzt und hüpft und schrammt seltsam unpassende Harmonien, übt sich dann wieder in reinem Gesang. Judith greift nach der Hand Aymaras. »Piazzolla«, flüstert sie, »Verano Porteño.« Klingt ungewohnt so ohne Bandoneon, doch auch in der Version für Streicher ist für Judith und

Aymara das Bedrohliche, der Schrecken, der die leidenschaftliche Glut des Sommers in Buenos Aires immer begleitet, herauszuhören.

Judith greift nach dem Programm. *Eight Seasons*, liest sie und sieht, dass hier Vivaldis und Piazzollas Jahreszeiten abwechselnd gespielt werden. Was für ein Konzert!

Zu Anfang des nächsten Satzes mit seinen matten, schleppenden Akkorden wird Judith das Atmen schwer, sie fühlt sich der Bruthitze in den Straßen von Buenos Aires ausgeliefert. Doch nein! Die Streicher lassen sie in Vivaldis italienischen Sommer gleiten. Eine virtuose Violine. Drängend. Schmeichelnd. Kuckucksruf, Taubengirren und Finkentirilieren. Judith ist glücklich. Kühlende Windstöße, die in sich zusammenfallen. Jetzt! Das Klagelied des Hirten! Judith schließt die Augen. Mama ist da. Knochige Finger bringen eine Geige zum Singen. Tante Olga weint. Baruch ist da und Vivaldi drückt ihm einen Fächer in die Hand. »Per la vostra amata.« Fernes Donnergrollen im Orchester.

Mir wird so schwindlig, denkt Judith bang. Der Himmel über ihr ballt sich immer dunkler zusammen. Sie spürt, wie ihr der Fächer entgleitet.

Joseph Joachim

**VIOLINKONZERT IN D-MOLL
IM UNGARISCHEN STIL**

Opus 11, 2. Satz, Romanze in G

JOJO. ROMANZE IN G

Neu ist die Szenerie nicht, doch bezaubernd wie eh und je: Da steht einer im Gegenlicht in der klassischen Haltung des Flötenspielers. Gerades Standbein, abgewinkeltes Spielbein. Jetzt kommt Bewegung in die Figur, die Pose löst sich auf zu einem fließenden, wiegenden Schreiten. Langbeinig und rhythmisch. Hin und her. Wie gehabt: auf griechischen Vasen, Wandmalereien in Pompeji, mittelalterlichen Totentanzbildern, barocken Hirtenidyllen und als moderne Bronzen. Dieser braunlockige Musikus hier vor dem Uhrturm am Grazer Schloßberg ist nicht ganz stilsicher kostümiert. Könnte Renaissance gemeint sein? Dunkelrotes Trikot, kurze Pluderhose und enger Wams. Wohl aus dem Fundus der Grazer Oper. Im Instrumentenkasten am Boden warten ein paar einsame Euromünzen auf Gesellschaft.

Der Schloßberglift spuckt einen Pulk Menschen aus: Grazer Pensionisten, ein halbes Dutzend Bayern, ein französisches Liebespaar, eine bosnische Großfamilie, drei Japaner und eine Gruppe Koreaner.

Natürlich erkenne ich auf den ersten Blick, welch Landes und welch Geistes Kind jeder Einzelne ist.

Erfahrung eben. Zweitausendjährige Erfahrung.
Gestatten: Ahasver. Der Wanderer durch die Zeiten. Unkaputtbarer Beobachter des Welttheaters.

—

Eben ist sie auf die Bühne getreten: Min Ji Kim, die Koreanerin, seit drei Jahren Studentin an der Kunstuniversität Graz, Gesang und Musiktheater. Und heute – welche Freude – hat sie zum ersten Mal ihre Mutter und ihre Schwester aus Seoul zu Besuch. Ihr Blick fällt auf den Flötenspieler. Sein Blick fällt auf die zierliche Koreanerin. Nichts Neues: Hero und Leander, Romeo und Julia, Hans und Grete, Ausgang bisweilen banal, bisweilen tödlich.

Mutter Kim und Schwester Kim wollen ein Foto mit dem pittoresk kostümierten Musikanten. So wie vorher die Bayern. Gegen einen Obolus versteht sich. Min Ji muss abdrücken. Klick. Sie schlägt die Augen nieder. Neben den Münzen im Flötenkasten liegt ein Pappkarton, auf dem Musikstücke aufgelistet sind: Bach/Chaconne, Mozart/Nachtmusik, Mendelssohn/Hochzeitsmarsch, Johann Strauß/Donauwalzer. Sie wünschen, ich spiele!

Eben verklingt Mozarts *Reich mir die Hand mein Leben*. Mama und Schwester sind davongeflattert und bestaunen die Aussicht, die von der einzigartigen Dachlandschaft der Grazer Altstadt bis zum langgezogenen Pohorje-Gebirge in Slowenien reicht.

In den Zeiten der kaiserlich-königlichen Monarchie war der Pohorje steirisch und hieß Bachern.

Dazu fällt mir Maltschi ein, das Schreikind. 1839 am Fuße dieses Bergrückens im Städtchen Marburg, heute Maribor, zur Welt gekommen. Von einer slowenischen Amme gestillt, weil die stark fiebernde Mutter vom unaufhörlichen Geschrei des Babys an den Rand des Wahnsinns gebracht wurde. Maltschi-Amalie schrie weiter und wurde später eine Sängerin von Weltruf. Debütiert hat sie als Fünfzehnjährige in Graz. Ihre Auftritte sicherten das Überleben der verarmten Familie. Keine erwähnenswerte Gesangsausbildung.

Nicht so wie unsere Min Ji hier, die an der Kunsthochschule in Graz die besten Lehrer hat. Auch sie steht unter Existenzdruck: Ihre koreanische Großfamilie erwartet, dass sie eine berühmte Sängerin wird. Dafür hat man ihr schließlich die Gesangsausbildung im Land Mozarts ermöglicht.

Min Ji ist noch beschäftigt, Münzen herauszusuchen, um sie in den Instrumentenkasten zu werfen. Der Flötenton verwirrt sie. Der Spieler hebt sein Instrument leicht an, schaut ihr in die Augen. Min Ji zieht die Hand mit den Münzen zurück.

»Bach?«, fragt sie, nur um etwas zu sagen.

Der Flötenspieler spielt nickend weiter.

»Sie wirken hier beim Styriarte-Festival mit?« Diesmal ist die Frage echt.

Ihre Stimmlage ist ungewohnt hoch, sehr zart, atemlos, konstatiert der Flötenspieler und setzt sein

Instrument ab: »Schön wär's. Ich bin nur Zuhörer und muss mir mein Geld für die Heimreise verdienen.«

»Wohin?«, fragt Min Ji.

»Budapest«, sagt der Mann und Min Ji dreht den Kopf wieder weg. Sie kann doch nicht in diese eigentümlich graugrün gesprenkelten Augen starren, nicht auf diesen Mund mit den wunderschön gezeichneten Lippenbögen.

»Auf Wiedersehen und danke, Sie spielen sehr schön«, flüstert Min Ji. Mutter und Schwester haben sich soeben nach ihr umgedreht.

Der Flötenspieler hebt das Instrument an seine Lippen. Eine Melodie schwebt auf, sanft und verführerisch. Landet wie ein Vögelchen im Ausschnitt von Min Jis duftigem Sommerkleid. Dort, wo unter der Haut ihr Herz pulsiert.

Min Ji verzögert ihren Schritt, dann dreht sie sich um, eine Frage im Blick. Der Mann im dunkelroten Trikot setzt die Flöte ab und ruft ihr zu: »Die Romanze in G von Joseph Joachim!«

Joseph aus der weitläufigen Wollhändlerfamilie Joachim. Der Geigenvirtuose. Der glücklose Komponist. Nicht allzu weit von hier geboren, in Kittsee, früher Ungarn, heute Österreich, direkt an der Grenze zur Slowakei. Früh weg von den Eltern. Schuld war nicht Armut sondern die Cousine Fanny, verheiratet mit einem

Wittgenstein, einem von jenem jüdischen Wollhändler-Clan, dessen prominentester Spross Ludwig mit dem Satz *Wovon man nicht sprechen kann, darüber muss man schweigen* philosophisch Furore machte. Cousine Fanny überzeugte die Joachim-Mischpoche, dass der fünfjährige Bengel wegen seines augenfälligen Geigentalents in Wien ausgebildet werden musste.

Joseph wurde zum *Peperl* für die streng katholische Wiener Familie seines Geigenlehrers. Zum *Hungarian Boy* für die englische Presse, als er 1844 in London als Wunderkind auftrat. Zum herzlich geliebten *kleinen Teufelsbraten* für seinen Mentor und Protegé Felix Mendelssohn Bartholdy. Dieser vertraute dem knapp Dreizehnjährigen das D-Dur Violinkonzert von Beethoven für das Debüt in der Londoner Philharmonie an. Der Anfang einer Traumkarriere, in deren Zuge Joseph Joachim, der ungarische Jude, gegen den Widerstand seiner Familie zum lutherischen Glauben konvertierte und zum Repräsentanten der deutschen Musik wurde.

―

Wie kommt es, dass Min Ji ein halbes Jahr nach dem Besuch ihrer Mutter und Schwester in einem jüdischen Tempel zu finden ist und ihr Herzschlag schneller und schneller wird?

Eine Freundin hat sie mitgenommen. Min Ji sitzt unter dem geheimnisvoll glitzernden Himmelsgewölbe der Glaskuppel der neuen Grazer Synagoge. Von der

Empore, dem für die Frauen reservierten Platz, geht ihr Blick hinunter, wo vor einem Schrein Musiker agieren. »Das sind Klezmorim«, flüstert ihr die Freundin zu, die mit dem Akkordeonisten der Gruppe liiert ist. Der produziert Glissandos, als rutsche er eine Achterbahn auf und ab. Eine Klarinette singt mit samtener Mädchenstimme, ein Hackbrett skandiert einen ungewöhnlichen Rhythmus. Noch nie ist Min Ji mit solcher Musik in Berührung gekommen.

Ein Geiger tritt auf. Mit weit ausholenden Schritten im Gehen fiedelnd. Halblange braune Locken, links gescheitelt und im Nacken zusammengebunden. Ein helles Gesicht. Min Ji äugt angestrengt nach unten. Zum Fiedler. Kann er das sein? Der vom Schloßberg? Geige statt Flöte? Warum nicht.

Später: Umtrunk in einem kleinen Lokal hinter der Synagoge. Alle kennen sich. Nirgendwo ein schmaler Braunlockiger.

»Wer war der Geiger?«, fragt Min Ji ihre Freundin.

»Józsep Zöld, ein Ungar. Er spielt gut, gefällt er dir?«

»Ja schon«, murmelt Min Ji und kann nicht weiterreden. Da ist er! Er steuert direkt auf sie zu, die Geige in der Hand.

»Oh, welch große Freude, meine verschollene Romanze«, sagt er lachend. Seine Augen lachen nicht, sie saugen sich an Min Ji's Puppengesicht fest.

»Meine Kollegin Min Ji Kim aus Korea«, mischt sich die Freundin ein.

»Es ... es ist mir so peinlich«, sagt Min Ji nervös.

»Ihr kennt euch?«, wundert sich die Freundin, »und was ist daran peinlich?«

Jetzt lächeln die Augen des Geigers, auch er erinnert sich an die Szene: eine kleine Hand mit Münzen, die plötzlich zurückgezogen wurde.

»Keine Ursache, verehrtes Fräulein«, sagt der Geiger, »Künstler sein ist Sich-zur-Schau-Stellen. Für Geld. War immer schon so.« Das Spröde in seinem Gesicht und die Schärfe seiner Stimme passen nicht zum Bild des traumseligen Fiedlers in der Synagoge. Seine Art zu sprechen klingt leicht gestelzt, Min Ji kann das nicht erkennen, sie ist froh, wenn sie der Unterhaltung in Deutsch folgen kann.

»Künstler prostituieren sich, sie machen für Geld ihr Innerstes öffentlich. Vaganten-Schicksal!«

»Hör nicht auf ihn, wenn er philosophiert«, sagt die Freundin, »er hat ein Faible für das Tragische. Ein Ungar halt!«

Ein Semit halt, hat Brahms gedacht, als er über Joseph Joachim, seinen besten Freund, notierte, er habe »eine unselige Neigung, über sein Los klagen zu müssen«[1]. Sich der gängigen Klischees zu bedienen, war für den großen Brahms genauso bequem wie für Min Ji's schlichte Freundin.

Beklagt hat Joseph Joachim sich gern und bitter. Auch, als er schon eine Koryphäe auf dem Konzertpodium war. Seiner Mutter schrieb er, er sei »von Ort zu Ort gewandert, immer fiedelnd, Saiten aufziehend, Krawatten bindend, ... und hasse das Herumziehen und Fiedeln«[1]. Ja, was sonst, verehrter Herr Joachim, was wollten Sie? »Ungestört einer höheren fantastischen Welt nachhängen«[1], das war es. Er, dem hehren Geist der Romantik verpflichtet, wollte sein Leben nur der »reinen Kunst«[1] weihen.

—

Józsep Zöld, eineinhalb Jahrhunderte später, doziert ebenso leidenschaftlich und vom selben Ausgangspunkt her, nur spiegelverkehrt, vor Min Ji: »Die reine Kunst ist eine Fiktion. Heute regiert das Showbusiness. Auch in der klassischen Musik.«

Min Jin weiß mit diesem Gerede nichts anzufangen. Singen kann sie in jeder Sprache, aber die vergrübelten deutschen Sätze sind ihr zu kompliziert. Sie möchte diesen Józsep immer nur anschauen: dieses Gesicht mit seiner wechselnden Abfolge von Hell und Dunkel, die graugrünen Augen, die schönen Hände. Min Ji schämt sich ihres unverhüllten Blicks auf den Mann und starrt auf dessen Schuhe. »Ein Armer«, denkt sie, die Schuhe sind glanzlos und abgetreten.

Sie muss etwas sagen, um nicht ganz dumm dazustehen. Sie weiß schon was: »Ich habe gegoogelt, ich weiß jetzt, wer Joseph Joachim ist.«

Sie denkt, er wird sich freuen, dass sie die Romanze

in G nicht vergessen hat. Stattdessen lacht Józsep laut auf: »So so, die von Google wissen, wer Joseph Joachim ist, die Tante Wiki, nicht wahr!« Gequältes Gelächter.

Min Ji ist betrübt. Gewiss, sie hat bei Wikipedia nachgeschlagen. Ist das so lächerlich?

Der Geiger, der in seiner Linken noch immer sein Instrument trägt, merkt endlich, dass er Min Ji verwirrt hat. Irgendwie wollte er das ja auch. Aber nicht auf diese Art.

»Tut mir leid«, sagt er. »Mein Vorname ist nämlich Joseph Joachim, verstehst du, und – ich weiß selber nie so genau, wer ich bin.«

Min Ji ist nicht, wie erwartet, beeindruckt. Sie ist nur froh, dass sein Gesicht wieder freundlich ist.

Es dauert, bis die beiden mit den Worten zusammenfinden. Der sich intellektuell gebende Jo und die zarte, naive Min Ji. Mit den Augen wissen sie es längst. Sie haben sich ineinander verfangen. Die große Liebe?

Ein bisschen unüblich für das dritte Jahrtausend. Umständlich wie früher. Nichts mit Aufreißerspruch/Kuss/Bett. So läuft das nicht mit Min Ji.

Stattdessen sitzen sie noch immer in dem kleinen Lokal hinter der Synagoge und reden. Vor ihnen, auf dem Tisch, die Geige. Keine Stradivari, wie sie einst Joseph Joachim gespielt hat, aber auch kein Produkt von der Stange. Wovon reden sie? Genauer: Jo, Józsep, Joseph Joachim Zöld, wovon redet er? Der lange Braunhaarige erzählt von seiner Familie, den Grüns, versippt mit den Joachims, und von seinem Großvater, der ihm aus

Verehrung für den berühmten Geiger aus seinem Dorf den Familiennamen Joachim als zweiten Vornamen vermacht hat. Das habe sich gar nicht so weit von hier abgespielt, in Kittsee, einer jener sieben Judengemeinden, über die die Fürsten Esterházy Jahrhunderte ihre schützende Hand gehalten hatten.

Min Ji hört bloß zu. Aufmerksam und angestrengt. Respektvoll. Die Großfamilie, für eine Koreanerin das Wichtigste. Sie versteht nicht alles, aber doch so viel, dass es Józseps Familie bös erwischt hat. An einem Frühlingsmorgen, so erzählt Jo, wurde die Familie Grün wie alle anderen Kittseer Juden aus ihren Betten geholt und auf einer Sandbank in der Donau ausgesetzt.

»Sandbank?«, fragt Min Ji.

»Eine kleine Insel in der Donau, nur Sand und Wasser rundherum.«

Min Ji schaut erschrocken.

»Die Bauern auf der slowakischen Seite des Flusses haben die Leute runtergeholt. Aber was sollte mit ihnen geschehen? Sie wurden hin und her geschoben über die Grenzen in diesem Dreiländereck von Deutschösterreich, Tschechoslowakei und Ungarn und schließlich auf ein französisches Donauschiff verfrachtet, das viele Wochen lang auf der Donau dahindümpelte, bis sich ein Land fand, das die eine oder andere Familie aufnahm.«

»Und der Großvater?«

»Ich weiß es nicht. Über diese Dinge wurde nicht geredet. Ich weiß nur, dass mein Vater in Ungarn geboren wurde und mein Großvater noch gelebt hat, als ich zur Welt kam. Stell dir einen alten Mann mit weißem Bart vor, der sich wünscht, dass sein Enkel Joseph Joachim heißt wie der Berühmteste der Sippe. Mein Vater hat das ändern lassen. Aus Joseph Joachim Grün wurde József Zöld. Jo für die Freunde. Und für dich. Zöld heißt Grün auf Ungarisch. Kapiert? Weil es ja nach wie vor Antisemitismus gab. Und gibt.

»Anti... was?«

»Erklär ich dir später, ist zu kompliziert.«

Min Ji ist müde. Sie schmiegt ihren Kopf an die Schulter des Geigers, für den sie nun einen Namen hat, den sie aussprechen kann: Jo. Der sieht das als Signal und versucht sie endlich zu küssen. Min Ji entwindet sich ihm erschrocken und stellt ihm die Frage, die schon die ganze Zeit in ihr nagt: »Und Sie, haben Sie eine Familie? Eine Frau und Kinder in Ungarn? Oder eine Braut?«

Min Ji hat einen Verlobten. In Korea. Ihre und seine Familie haben das arrangiert.

Jo hat niemanden. Sagt er.

Min Ji erscheint es seltsam, dass ein Mann, wohl etwas älter als sie, weder verlobt noch verheiratet ist.

Lügt er?

Er lügt nicht.

Die Geschichte mit Ildiko ist vorbei. Seit einem halben Jahr schon. Er träumt noch jeden Tag von ihrem schwarzen Zopf, der sich wie eine Schlange um ihren nackten Körper ringelt. Verdammter Albtraum! In

Wirklichkeit hat das ausgeflippte Mädchen ganz bürgerlich geheiratet. Jos Freund, László Horvat.

Wieso ist Jo derart aufgebracht darüber? Er ist es ja, der immer über die Nationalisten gespottet hat, über ihr Blabla von Volk und Familie. Er, der angeblich kein Standesamt braucht, um sich seiner großen Liebe zu versichern. So schön war sie, so klug, dass er anfangs nicht glauben konnte, dass sie ihn überhaupt zur Kenntnis genommen hat. In ihrem Freundeskreis, ausnahmslos Intellektuelle. Durch Ildiko, die Journalistin, war Jo in eine Gruppe von Oppositionellen geraten. Nicht ungefährlich, aber wunderbar aufregend. Junge Leute mit Visionen. Risikobereit. Kameradschaftlich. Lauter Künstler und Medienschaffende. Ein Wissenschaftler unter ihnen. Horvat eben. Den Ildiko geheiratet hat. Einfach so.

Die neue Konstellation warf Jo aus der Bahn. Studium abgebrochen, Gelegenheitsmusiker, unterkunftslos, dem Regime verdächtig, fanatisch die Freiheit der Kunst beschwörend.

―

Mich, Ahasver, kostet das ein müdes Lächeln. Die jungen Wilden! Immer schon da gewesen. Wie schrieb doch der damals noch junge Geiger Joseph Joachim an seine leidenschaftlich geliebte Seelenfreundin Gisela? »Mich in den heiligen Stand der Ehe zu begeben, als Bindemittel mit der Gesellschaft, denke ich nicht. Ein Künstler, der sich nicht der Welt in rastlosem Streben vermählt fühlt, ist keiner, höchstens ein sentymentaler Pedant.«[1]

Joseph Joachim fand seine innere Heimat im Kreis kunstbegeisterter, genialer Freunde: Robert und Clara Schumann, Johannes Brahms, die Mendelssohns – und Gisela von Arnim. Er komponierte wie nie mehr in seinem Leben. Seine Violine sang Gis-E-A für die schöne Gisela, er widmete ihr sein G-Dur Violinkonzert. Und sie, die adelige Dichterin? Sie liebte den enthusiastischen Geiger – und reichte dem *sentymentalen* Pedanten Hermann Grimm, dem Sohn eines der Märchenbrüder, die Hand zur Ehe.

Joseph Joachim zelebrierte romantisch-leidend den Verzicht. Aus der Bahn werfen, ließ er sich davon nicht. Er brauchte seine Freunde und das kunstbeflissene Ambiente des hannoverischen Hofes – das Königspaar war Pate bei seiner christlichen Taufe gestanden, er glaubte, seinen künstlerischen Weg als Interpret und Komponist gefunden zu haben.

Kann gut sein, dass ein Stachel geblieben ist. Tief drin. Das Gefühl, nicht gut genug zu sein. Ein Stachel, der ihn viele Jahre später ausrasten ließ vor Eifersucht. Der ihn dazu brachte, seine Familie zu zerstören.

―

Und Jo, der ungarische Geigenzauberer? Ist in ihm auch ein Stachel geblieben?

Es schaut nicht so aus. Er liebt Min Ji mit einer für

ihn neuen, freudigen Hingabe. Er will sie heiraten. Sofort.

»Was findest du an ihr Besonderes?«, fragen die Freunde. »Schaut doch eines wie das andere aus, diese Vögelchen aus Asien!«

»Ihre Stimme ist so hell«, sagt Jo und seine Stimme ist dabei dunkel und warm.

»Was findest du an ihm?«, fragen die Freundinnen Min Ji neugierig.

»Sein Gesicht ist so hell«, sagt sie. Wenn er musiziert, denkt sie, und wenn er bei mir ist, und seufzt unhörbar.

Man kennt das: Frauen glauben, es stehe in ihrer Macht, Sprödigkeit und Tragik in einem schönen Männergesicht ins Weiche, Helle zu verwandeln. Genau das fasziniert sie.

Eine geplante Heirat – zwei Familien, die vehement dagegen sind: Die Grün-Zöld-Sippe in Budapest sieht in Min Ji eine ungläubige Gojte, die noch dazu aus Fernost kommt. Schlitzäugig! Gott möge abhüten!

Die koreanische Familie pocht auf den Verlobten in Seoul. Die Tochter möge nicht ihre Kindespflicht verletzen und schleunigst nach Hause kommen.

Ganz so tragisch wie bei den Capulets und Montagues ist das nun nicht. Auch wenn die koreanische Julia fast am Konflikt mit ihrer Familie zerbricht. Ihr ungarischer Romeo wird immer ungeduldiger, die Dokumente aus Seoul verzögern sich. Jo meint es ernst. Er, dem oft genug fehlende Disziplin bei überragendem Talent bescheinigt worden ist, übt wieder stundenlang auf seiner Geige und strapaziert die Nerven von Freunden, die ihm ein Zimmer überlassen haben. Ziel: Orchester-Anstellung, kleine Mietwohnung, Familie.

Der andere Jo, hundertfünfzig Jahre früher, hat es geschafft. Trotz des Gezeters der Budapester Mischpoche, die fürchtete, dass die prinzipiell zweifelhafte Moral seiner neuen großen Liebe, einer Opernsängerin, der Reputation des Wunderkindes der Familie schadete. Für den Bräutigam war es das Vordringlichste, die Ehre seiner Braut zu verteidigen. »Liebster Johannes«, schrieb er an Brahms, »lass dich nicht beirren, wenn du hörst, dass meine Braut der Bühne angehört seit ihrem 16. Lebensjahr. Du wirst nichts davon merken, so einfach und rein ist ihr Sinn.« [1]

Freund Brahms war ohnedies von Anfang an – und auch später, als es heikel wurde – auf der Seite der »lieblichen Steyermärkerin mit der außerordentlichen Altstimme« [1]. Er hat auch am meisten von ihr profitiert. Sie wurde die Brahms-Sängerin des Jahrhunderts: Amalie Schneeweiß, Maltschi, das Schreikind aus dem altösterreichischen Städtchen Marburg, heute Maribor. Von der früh verwitweten, tief katholischen Mutter streng erzogen, bitter arm und hochtalentiert, verwegen im Überlebenskampf auf der Bühne. Gerade erst hat die temperamentvolle junge Künstlerin den großen Durchbruch als Opernsängerin geschafft. Endlich Traumrollen! Ein

Publikum, das ihr zu Füßen lag! Für den Königlichen Konzertmeister Joseph Joachim war es – wie für die Operndirektion – selbstverständlich, dass die Frau anlässlich ihrer Verheiratung die Karriere aufgab.

»Der Abschied ist schwerer, als irgendwer ahnen mochte. Aber Weibes Leben ist ja Entsagung.« [1]

Arme schöne Maltschi.

Bühne tabu. Seltene Auftritte im Konzertsaal. Lieder von Brahms, Schumann, Schubert. Das war das Äußerste, was man einer verehelichten Künstlerin zugestand.

Die Jungverheiratete, statt der Bretter der Bühne das polierte Parkett enger Häuslichkeit unter den Füßen, sandte ihrem Mann, der dauernd auf Konzertreisen war, sehnsüchtige Briefe nach: »Liebes Jojoerl, liebster HerzerlJo, liebes Vichi, liebes Muzikanterl.«

»Mein liebes Maltscherl, mein liebs Weibi, liebes Frauerl, mein liebes Kinderl«, tönte es zurück.

Das Glück hat seinen Preis. Immer schon. Zahlerin ist fast immer die Frau. Das weiß ich. Keiner kennt die Welt so wie ich, Ahasver, der ewige Jude.

Mein Blick geht durch die Jahrhunderte. Mitleidslos, aber wissend. Ich sehe, wie das läuft zwischen Mann und Frau. Wie sich die Dinge entwickeln. Oder nicht entwickeln.

Die Menschen meinen, im 21. Jahrhundert sei alles anders.

Schauen wir uns doch einmal den verliebten Jo und seine Min Ji an. SMS hin, SMS her, im Stundentakt, auch wenn sie sich abends sehen werden. »***« statt »süßes Weibi, ich küsse dein Herz« und »(♥_♥)« statt »liebes Joerl, ich kann es vor Sehnsucht nach dir nicht aushalten!«, aber im Grunde das Gleiche. Wie gehabt. Und jedes Mal dieses penetrante *4ever*. For ever? Dass ich nicht lache!

Da haben wir ja schon das erste große Zerwürfnis.

Min Ji bekommt die Rolle der Susanne. In Mozarts Figaro. Sie ist glücklich. Zugegeben, die Regie setzt auf schlüpfrige Szenen. Was tut man nicht alles, um das Publikum anzulocken. Die Ärmste singt in Stellungen, die eigentlich eindeutig unzumutbar sind, technisch wie optisch. Eindeutig eben.

Aber muss Jo ihr deswegen eine solche Szene machen? Ihr verbieten, noch einmal aufzutreten?

Wie gehabt.

Beide stehen unter Stress. Jo, dessen Ehrgeiz durch die Stelle eines zweiten Geigers im Grazer Philharmonischen Orchester nicht befriedigt ist. Min Ji, die ihre Masterarbeit fertigstellen und präsentieren muss.

Unter uns gesagt, die Masterarbeit ist vom Konzept her gelungen, aber indiskutabel von der Sprache her. Jeder Professor würde sich weigern, eine Arbeit in diesem unmöglichen Deutsch zu lesen. Jo ist keine Hilfe. Seine Schulsprache war Ungarisch.

Da gibt es einen Friedrich, einen Deutschprofessor, verheiratet, Bariton im Domchor, in dem auch Min Ji singt. Er bietet ihr an, ihre Arbeit über eine selten aufgeführte Oper aus der Zeit des italienischen Verismo zu korrigieren. Leider hat er keine Ahnung von der Materie, muss immer wieder nachfragen, was gemeint ist. Das sind Stunden, die die beiden am Computer sitzen, nachschlagen, neu formulieren. Obwohl Friedrich die zierliche Sängerin anbetet, passiert nichts. Ein verständnis-inniges Lächeln vielleicht. Kein Kuss. Nichts.

Ich weiß das.

Jo weiß das nicht. Jo rast vor Eifersucht. Was ihn am meisten aufbringt: Min Ji weigert sich, den Kontakt mit Friedrich abzubrechen. Sie muss eine tadellose Masterarbeit präsentieren. Will nicht wegen Jos grundloser Eifersucht den erfolgreichen Studienabschluss aufs Spiel setzen.

Eifersucht, was für ein allzerstörendes Gefühl, das sich blind seiner Opfer bemächtigt und sie nicht aus den Krallen lässt. Ich sage nur: Othello.

―

Da sind wir wieder. Beim Stachel. Ein Schläfer. Der in der Seele des glücklich verheirateten Joseph Joachim, gefeierter Geiger und hoch angesehener Leiter der Königlichen Musikhochschule in Berlin, auf seinen Einsatz wartete.

Genügte er seiner Frau noch? Ihr, die immer mehr Anerkennung als unbestritten beste Interpretin von Brahms Liedern einheimste? Er, der Jude? Er genügte ihr nicht, das war sonnenklar! Er glaubte fest, sie hätte ein Verhältnis mit seinem Freund Simrock!

»Durch Einbildung hervorgerufenen Szenen«, so sieht das Freund Brahms, »begründet in dieser unglücklichen Charaktereigenschaft, mit der Joachim sich und andere so unverantwortlich quält.«[1] Joachim brach lieber auf Jahre hinaus mit seinem engsten Freund Brahms, als zuzugeben, dass er seine Frau grundlos verdächtigte.

Fazit: Ein böser Scheidungskrieg, den der Mann trotz seiner hohen Stellung in zwei Instanzen verlor, eine zerbrochene Familie, Kinder, die ins Ausland entführt wurden, und eine Frau, die im tiefsten Leid ungebrochen an sich und ihrer Kunst weiterarbeitete.

Ungebrochen? Die Künstlerin und Mutter von sechs Kindern ging Jahre später elend an ihrer kranken Galle zugrunde.

Acht Jahre überlebte der viel ältere Joseph Joachim seine geschiedene Frau, die in den Nachrufen als berühmteste Altistin Deutschlands gefeiert wurde.

―

Von solcher Berühmtheit ist Min Ji noch weit entfernt. Sie fühlt sich zutiefst gekränkt von Jos Anschuldigungen. Und sie möchte unter keinen Umständen den Anschein erwecken, sie sei an der Heirat mit dem ungarischen EU-Bürger interessiert, um nach dem Abschluss des Studiums eine Aufenthaltserlaubnis in Österreich zu bekommen. Min Ji hat ihren Stolz.

Jo pocht auf seine Männerehre. Wie antiquiert!

Er: »Sprich nicht mehr mit diesem Professor, diesem Möchtegern-Bariton, mit diesem kleinlichen Wortfuchser. Triff dich nie mehr mit ihm!«

Sie: »Ich brauche einen Korrektor. Er verdient es nicht, so angefeindet zu werden. Außerdem hat mich seine Frau zum Abendessen eingeladen, wie schaut das aus, wenn ich absage. So, als würde ich dir recht geben!«

Sätze, fast wörtlich aus dem erregten Diskurs zwischen Joseph und Amalie Joachim übernommen.

―

Liebe und Eifersucht. Und noch etwas. »Ich kann nicht zugeben, dass meine Frau in der Welt herumreist, ohne mir im geringsten Rechenschaft zu geben«[1], schrieb Joseph Joachim an seinen Bruder. Der Meistergeiger Nation befand, die Frau müsse einsehen, wie das seiner Würde schade. Er brauchte das Phantom eines Nebenbuhlers, um seine Eifersucht auf die sehr reale, erfolgreiche Konzerttätigkeit seiner Frau zu verschleiern.

―

Wäre es möglich, dass Józsep Zöld ähnliche Macho-Ambitionen hat? Im 21. Jahrhundert?

Sie: Sängerin am Beginn einer großen Karriere.

Er: Zweiter Geiger im Grazer Philharmonischen Orchester.

In seinem Alter ist er damit am Plafond angelangt. Weiter kommt er nicht. Das ist so.

Jo sieht rot. »Wenn du mich liebst, geh nicht auf die Bühne!«

Liebe und Macht. Liebe und Hass.

Min Ji kann nicht aufgeben. Der Druck der Familie. Angst. Der Jähzorn des geliebten Mannes. Er rastet aus. Schlägt zu.

Aus.

Min Ji ist diszipliniert. Der Schmerz darf nur nächtens zupacken. Traktiert sie so lange, bis er sich in einem erstickten Schluchzen den Weg nach außen bahnt. Tagsüber bereitet sie sich zielstrebig auf die Masterprüfung vor. Abschluss mit Auszeichnung.

Sofort danach das amtliche Schreiben, das sie auffordert, in der gesetzten Frist den Staat Österreich zu verlassen.

Min Ji fliegt nach Korea, erhält dort eine Anstellung als Gesangslehrerin und heiratet den für sie vorgesehenen Mann, einen Product Manager bei Samsung. Beide finden sich ausreichend sympathisch für das, was eine koreanische Ehe bezweckt. Die soziale Harmonie beider Familien wird nicht gestört.

―

Im Sommer wird anlässlich einer Dienstreise des Gatten die Hochzeitsreise nachgeholt. Nach Europa. Rom, Paris, Wien. Und selbstverständlich soll Min Ji zeigen, wo sie studiert hat. Graz, die Kunst-Universität, das Opernhaus. So weit so gut.

Min Ji! Was ist in sie gefahren? Ist es wirklich notwendig, dass sie mit ihrem Mann in den Schloßberglift steigt?

Das Paar tritt aus dem Lift ins Helle. Schlendert Richtung Uhrturm. Flimmernde Hitze am steinernen Plateau. Der Koreaner hebt sein Samsung Tablet vor das Gesicht und fotografiert. Die Koreanerin starrt auf einen Punkt hinter dem Bauwerk. Da sitzt, die Beine graziös übereinander gekreuzt, einer auf der Basteimauer. Das ist nicht erlaubt. Dahinter fällt es zwanzig Meter tief ab.

Die Gestalt im scharfen Schatten des Uhrturms ist altertümlich gekleidet und fiedelt.

»Joooo!« Eine hohe, helle Stimme. Der Samsung-Manager sieht kurz auf und hantiert weiter mit seinem Tablet. Der Mann auf der Mauer lässt seine Geige sinken.

Jetzt schmiegt er die Geige wieder an die Wange und beginnt zu spielen. Sehnsuchtsvoll und virtuos steigt die Melodie auf. Todtraurig und atemberaubend schön. Die Romanze. Ihre Romanze. Die von Joseph Joachim.

Min Ji möchte auf Jo zulaufen und steht doch wie angewurzelt mitten auf dem Platz vor dem Uhrturm. Neben ihrem Mann. Minutenlang.

Raue Doppelgriffe. Aggressives schleicht sich in das Spiel. Min Ji kennt jede Note, trotzdem erschrickt sie. Aus der beklemmend wirkenden Virtuosität steigt die

Erinnerung an das erste Thema auf. Musik gewordene Sehnsucht nach dem Unwiederbringlichen.

Die Geige hält inne.

Ein verschattetes Männerantlitz. Eine Frau in der prallen Sonne.

Der Mann auf der Mauer hebt langsam den linken Fuß. Die Geige rutscht vom Kinn. Jetzt schnellt das rechte Bein nach oben. Der Geiger kippt hint'über. Verschwindet. Ein dumpfer Aufschlag.

»Nei-ei-ei-ein!«

»Er hat ein Faible fürs Tragische.« Min Ji's Freundin hatte es damals leichthin gesagt. In dem kleinen Lokal hinter der Synagoge.

Lieben kann tödlich sein.

Ich weiß.

---

[1] *Alle Zitate sind dem Buch »Stimme und Geige, Amalie und Joseph Joachim« von Beatrix Borchard, Böhlau Verlag Wien-Köln-Weimar, 2005, entnommen.*

Ludwig van Beethoven
KLAVIERTRIO D-DUR – GEISTERTRIO
Allegro vivace e con brio
Largo assai ed espressivo
Presto

Opus 70, Nr. 1

GEISTERTRIO

Allegro (non) vivace e con brio

Heute ist Lynn verabschiedet worden. Eine kurze Feier im kleinen Kreis, ich kannte nur die Geschwister und die alte Mutter. Kaum, dass sie mir zunickten. Die Töchter – auf dem Papier auch meine Töchter – sah ich nicht. Nicht einmal Manon, sie müsste jetzt ungefähr 13 sein, haben sie mitgebracht. Sie wächst im rheinischen Montabaur auf, im Internat. Ein ausgezeichnetes Musikgymnasium, angeblich. Constanze, die ältere, tourt meines Wissens als Model durch Europa und die USA. Der Vater der Mädchen, dieses Schwein, fehlte auch. Man hört nichts mehr von ihm. Ich wünsche ihm von Herzen alle möglichen Altersgebrechen an den Hals, und dass er, verkalkt und tatterig, den Dirigentenstab nicht mehr halten kann.

Auch sonst keiner ihrer Liebhaber am Sarg. Nur ich, ihr geschiedener Mann.

Wollte ihre Familie vielleicht gar nicht, dass ich hier auftauchte? Erst gestern, eigentlich zu spät, lag der schwarz geränderte Brief mit der Todesnachricht auf meinem Schreibtisch. Einäscherung in Salzburg stand da. Frankfurt – Salzburg, das waren gute fünf Stunden Autobahn für mich. Salzburg überraschte mich zuerst, sie hatte doch in Berlin gelebt. Hat aber eine gewisse Logik, Salzburg war ihre Heimatstadt.

Der zweite Brief, der heute gekommen ist, hat keine Logik. Da bittet mich ein Unbekannter pathetisch um Vergebung. Eine Phrase aus der Mottenkiste. Vergebung! Ein Wort mit modrigem Geruch. In meinem Wortschatz kommt es jedenfalls nicht vor. Von einem Josef Mayr, Wiener Adresse. »Ich bitte dich um Vergebung. Du brauchst mir nicht zu antworten. Wahrscheinlich kämest du damit auch zu spät. Aber in deinem Herzen sollst du diesen Akt der Vergebung vollziehen, sodass wir beide Frieden finden können.« Ein religiöser Spinner, oder was? Ich habe niemandem etwas zu verzeihen, außer vielleicht Lynn, die hat mir schon so einiges angetan. Sie pflegte ihre Affären, anderseits blieben ihr meine »Weibergeschichten«, wie sie es nannte, auch nicht verborgen. Aber wir wussten, was wir aneinander hatten. Aber dass sie mit ihrem Verflossenen wieder etwas anfing, das war zu viel. Hat mich einiges gekostet die Scheidung. Jetzt ist Lynn tot. Vergebung belanglos.

Dass Lynn krebskrank war, wusste ich schon länger. Eine Erlösung also, wie man so sagt. Kein Trara bei der Zeremonie. Dabei war sie, die schöne Cellistin, ein Medienliebling gewesen – vorübergehend. Ich habe erwartet, dass man bei ihrer Verabschiedung eine ihrer Aufnahmen spielt. Das Andante aus der *Der Tod und das*

Mädchen zum Beispiel, in dem ihr Cellopart sehr schön zur Geltung kommt. Hat sie sich das verboten? Ganz am Ende der Trauerfeier in der dafür viel zu großen Zeremonienhalle ließ man ein Klaviertrio laufen. Gut möglich, dass sie sich das noch selber ausgesucht hat. Ist ein Mensch im Endstadium noch hell genug dafür? Ich habe das Geistertrio an dem rasanten Anfang sofort erkannt und, sobald der erste lange Celloton sich wie ein zitternder Bohrer ins Fleisch wühlte – so hast du das ausgedrückt, Lynn –, auch gewusst, dass die Cellistin auf dieser CD Jacqueline du Pré ist. Wusste sonst noch wer, warum ausgerechnet Jacqueline mit Barenboim und Zukerman an deinem Sarg spielen sollten, Lynn? Die schöne, leidenschaftliche Jacqueline! Mit ihr hast du dich gern identifiziert. Die hat ja, sagt man, auch nichts ausgelassen, was Männer betrifft. Jacqueline hat um Kategorien besser gespielt als du, liebste Lynn. Ein Barenboim hätte auch nie mit der sicherlich beeindruckenden, aber nicht überwältigenden Sieglinde Wondratschek konzertiert, selbst wenn ihr Künstlername Lynn Wonder ganz hübsch klingt. Muss schlimm für dich gewesen sein, als dir dein langes schwarzes Haar ausgefallen ist. Gesehen habe ich es nicht. Ich bin eben auch ein feiger Hund, ich besuche keine Schwerkranken, dafür bin ich zu sensibel. Geliebt habe ich dich trotzdem. Immer. Und gehasst. Später.

Bin ich eingeschlafen? Mehr als tausend Kilometer habe ich heute heruntergespult. Frankfurt – Salzburg –

Frankfurt. Wegen Lynn. Geht nicht anders, ich muss morgen im Sender sein. Im Wegdämmern hat mich dieses irrwitzige Wort zu nerven begonnen: *Vergebung*. Jetzt schießt ein winziges Weiblein mit wehendem Schwarzhaar in meinem Kopf hin und her, stößt an unsichtbare Wände. Bei jedem Aufprall flammt eine spitalgrüne Leuchtschrift auf: NO EXIT. Die Zwergin sinkt zusammen, flüstert »Vergebung, Vergebung« und hetzt weiter. Als Filmemacher ist mir dieses bizarre Kopfkino im Zwischenreich von Schlaf und Traum vertraut. Ich schüttle diese Spukgestalt aus dem Off ab, hieve mich aus meinem Lehnstuhl, hole mir einen Drink und krame in meiner CD-Sammlung. Beethoven. Dir zuliebe, Lynn, meine schöne, falsche, arme Ex. Dir zuliebe lege ich die CD ein, die sie an deinem Sarg haben laufen lassen. Geistertrio. Über den reißerischen Namen für diese wunderbar unergründliche Musik hast du dich oft geärgert. Aber jetzt, für feine Ironie hattest du immer etwas übrig, werde ich doch ein kleines Geisterspiel inszenieren: Der geheimnisumwitterte Celloton soll dich mir zurückholen aus der Unterwelt. Eine Wodkaflasche lang.

Was, verdammt, passiert im Kopf, dass da plötzlich in einer verfinsterten Region ein unauffindbar geglaubter Film auftaucht? Nur weil ganz bestimmte Schallwellen mein Ohr überfluten und sich am Schläfenlappen brechen? Beethoven, Opus 70. Wieso nicht schon in der Feuerhalle? Da drang nichts in das schwarze Loch meines Gehirns. Jetzt ist es da! Das Video mit den zwei verschollenen Wochen! Vor Jahren ins Nirwana verschwunden. Meine Erinnerung an den Argentinienflug reichte gerade noch bis zu den Iguazú-Wasserfällen. Ein fantastisches Spektakel: Tonnen von Wasser, die ins Nichts stürzen, in den Höllenschlund, Garganta del Diabolo. Filmriss. Nichts mehr. Nichts davon, wie ich in dieses argentinische Provinzspital gekommen bin, nichts davon, was davor passiert ist.

Und jetzt! Lynn tot.

Der sonderbare Brief: *Vergebung.*

Ein zitternder Celloton und mein armes Hirn spult einen Film ab, *starred by myself.* Szene für Szene.

Largo assai ed espressivo

Ich, gestrandet auf dem Flugplatz in Resistencia. Heißt doch glatt *Widerstand*, Resistencia, dieses nordargentinische Städtchen mit seinem lächerlichen Airport. Widerstand, allerdings! Generalstreik, *huelga general.* Der mit den Streikenden solidarische Pilot, Landsmann des Che, hatte den Flug von Iguazú nach Buenos Aires in der Luft gecancelt und war auf der erstmöglichen Landebahn in argentinischem Territorium niedergegangen. Aerolineas Argentinas! Ich hätte in Buenos Aires noch einmal umsteigen und von dort nach Tucumán fliegen sollen, zum Folklore-Festival. Indiomusik und Gauchotänze, Charango und Quena, Panflöten und Trommeln.

Das Highlight: Mercedes Sosa. Grund genug für meinen deutschen Sender, eine Doku in Auftrag zu geben.

Verfluchtes Resistencia! Kein Flug, kein Bus, nichts! Tausende Kilometer bis Tucumán. Mein wütendes Radebrechen auf Spanisch und Englisch traf auf wortreiche Ergüsse in einem theatralischen Tonfall, dem ich nichts entnehmen konnte außer: nada, nichts! Kein Taxi, keine Chance, etwas zu trinken zu bekommen, keine Möglichkeit, meine zwei unförmigen Koffer mit den Kameras sicher zu deponieren.

Ich trat, die voluminösen Alu-Koffer hinter mir herziehend, aus dem Flughafengebäude. Ein heißer Wind blies mir Sand ins Gesicht, Unrat wirbelte über den Asphalt. Auf der anderen Straßenseite ein Schild: Bar El Piloto – Cerveza Pilsen. Ein Bier, um Himmels willen, ein Bier! Als ich mein Gepäck durch die Tür in den dunklen Raum bugsierte, hörte ich jemanden Deutsch sprechen. Österreichischer Tonfall. Den kannte ich, ich war ein Jahr lang in einem Salzburger Internat gewesen.

Der mit dem alpinen Akzent war ein hagerer Kleiner, mit Bart und Stoppeln im Gesicht. Er redete mit einem vierschrötigen Rotblonden, der viel Spanisch in sein krudes Deutsch mischte. Ich fragte auf Deutsch, ob ich mich dazusetzen dürfte. Die beiden schienen nicht begeistert davon, lehnten aber nicht ab. Egal, ich musste mein Missgeschick erzählen, anbringen, wie sehr ich in der Klemme war, welche Wut ich auf dieses gottverlassene Nest hatte, und dass Streik per Dekret verboten gehörte.

»Haben wir alles hinter uns«, warf der Kleine ziemlich aufgebracht ein, »Militärjunta, Streikverbot, alles gehabt. Hat Tausenden das Leben gekostet.«

Schon genierlich, dass ich, der Linksintellektuelle vom Dienst, mir das sagen lassen musste. Eilig wollte ich mich für meinen Fauxpas rechtfertigen: Extra von Deutschland hergeflogen, wegen des Festivals in Tucumán, ein großartiger Film würde das werden, ein Glücksfall für Argentinien. Ich muss da hin! Ich muss! Der Rotblonde, offenbar ein Siedler deutscher Abstammung, grinste, deutet auf den Bärtigen und sagte: »Da! Padre José kommt gerade von dort. Mit seinem Landrover.«

Ich war perplex. »Das müssen ja Tausende Kilometer sein!«

»Cierto«, sagte der Siedler, »wenn man über Buenos Aires fährt. Tausend nach Süden, dann tausendzweihundert nach Nordwesten. Aber Padre José ist quer durch die Chaco-Wüste gefahren, das sind nur neunhundert Kilometer. Er hat so seine Beziehungen. Zur Hölle. Pampa del Infierno, wenn du Spanisch verstehst. Und zum Himmel. Sonst käme er aus der Hölle nicht wieder heraus.« Der Rotblonde lachte kollernd und blinzelte dem Bärtigen zu.

»Deine Chance, Padresito, du machst den Ausflug noch einmal und der Deutsche zahlt. Harte Dollars. Du brauchst doch dauernd Geld für deine Indios. Eine Höllenfahrt für den Himmel! Wenn es der Señor Filmemacher doch so eilig hat.«

Ich schöpfte Hoffnung. Der Pater sah mich aus rotgeränderten Augen an. Total erschöpft.

»Tausend«, murmelte er, so, als hoffte er, dass niemand diesen Preis bezahlen würde.

»Fünfhundert!«

»Ich muss hin und zurück. Tausend.«

»Ich habe Travellerschecks.«

Der Pater zuckte zusammen. »Da drüben, die wechseln. Besser ich gehe mit, sonst bekommst du nichts, heute ist Streik.«

Alle redeten einen mit *du* an. Aus dem Mund des Österreichers kam es mir ärgerlich distanzlos vor. Als wäre ich einer seiner Indios, für die er das Geld brauchte.

Die Wechselstube hatte geschlossen, der Padre kannte den Hintereingang. Nach einem schnellen Wortwechsel zwischen dem Priester und einem unsympathischen Dicken blätterte man mir die tausend Dollar hin. Der Pater steckte sie ein, als wären es seine. Ich protestierte nicht, ich wollte fahren. Der Diener Gottes mit dem alpinen Zungenschlag würde wohl kein Betrüger sein.

»Wir fahren in einer halben Stunde. 19 Uhr. Nach fünf Stunden halten wir in Pampa del Infierno. Das ist fast ein Drittel der Strecke. Schlafpause. Wir brauchen dann noch an die dreizehn Stunden. Um 6 Uhr abends kannst du in Tucumán sein, si Dios quiere y la Virgen.«

Wenn Gott will und die heilige Jungfrau, so viel Spanisch verstand ich. Mir war alles recht. Ich zog mein elektronisches Wörterbuch heraus und tippte i-n-f-i-e-rn-o ein. Tatsächlich: Hölle. Wir fahren also heute noch zur Hölle. Wenn Gott will.

250 Kilometer Höllenpampa. Eine Asphaltstraße mit unzähligen Schlaglöchern. Jedes dieser Löcher war eine schartige, scharfkantige Falle für die Räder. Unglaublich, wie geschickt sie der Missionar umkurvte. Für das robuste Fahrzeug wirkte er zu klein, zu fragil. *Padresito* hatte ihn der Siedler angeredet. Die gängige Verkleinerungsform. Trotz der konzentrierten Fahrweise rumpelten wir immer wieder über ein Loch, die tiefen Krater vermeidend und durch die seichteren mit viel Gas durchpreschend. Stellenweise zog sich am Rand der Straße eine zerfurchte Sandpiste hin, da kam man etwas schneller voran – allerdings mit dem Risiko, im Sand stecken zu bleiben. Meine Augen tränten. Mein T-Shirt stank, durchschwitzt und braunrot vom aufgewirbelten Sand. Mein Hinterteil würde ein einziger blauer Fleck sein. Ganz zu Anfang hin und wieder ein hochrädriger Ochsenkarren. Dann kein Fahrzeug mehr. Stundenlang. Um uns Dunkelheit. Der Himmel über uns dicht gespickt mit Sternen, wie man das nur in der Wüste erleben kann.

Die Schweinwerfer erfassten eine Ziegenherde, die sich auf der Straße niedergelassen hatte. Am Straßenrand eine schlafende Gestalt. Angeleuchtet sprang sie auf und hetzte in den nächtlichen Busch. Eine Indianerfrau. Ob die Indianer hier noch so rückständig seien und keine Erfahrung mit Autos hätten, fragte ich, diese Frau sei ja zu Tode erschrocken gewesen.

»Und ob die Erfahrung haben«, meinte der Padre erbittert. Der Brauch heiße *Chineo*. Die Weißen greifen sich eine Indiofrau, wo immer sich die Gelegenheit ergebe. Als Bezahlung für die Vergewaltigung bekomme der Stamm eine Ziege. Jeder Richter würde das als rechtens empfinden. Die Indios hätten keine Möglichkeit, sich dagegen aufzulehnen. Außer, sie lernten sich zu organisieren, mit Menschenrechtsorganisationen zusammenzuarbeiten. Alphabetisierung sei dafür unabdingbar. »Meine Arbeit«, sagte er kurz.

Die Sterne blinkten tief. Sehr tief. Sie kommen immer näher. Lichter.

»La ciudad Pampa del Infierno, wir sind bald da«, murmelte der Padre. Eine Stadt? Ein Nest mitten in der Dornbuschsavanne. Lärm, dröhnende Cachaca-Musik. Überall elektrisches Licht. Leuchtschriften über Geschäften, baumelnde Glühbirnen über Marktständen. Menschengewimmel. Kein Streik? »Nicht in der Nacht«, sagte der Padre.

Flimmernde Fernsehgeräte vor den Häusern, davor Männer in Korbsesseln, herumspringende Kinder. Alles spielte sich auf der quadratischen Plaza zu Füßen des Standbildes eines reitenden Helden ab. Dahinter Dunkelheit. Ich konnte mir dieses nächtliche Schauspiel nicht erklären. Der Padre meinte, am Tag steige die Hitze auf 50 Grad, die Leute würden schlafen. Er aber müsse jetzt sofort fünf Stunden Schlaf bekommen. Er sei schließlich die ganze Strecke heute schon einmal gefahren. Ich sah es ihm an.

Hotel Central. Eine kahle Bude mit zwei Pritschen und Hunderten von Kakerlaken. Beim Aufflammen der Glühbirne rannten sie kreuz und quer über Boden und Wände.

»Nein«, sagte ich, »wir suchen etwas Besseres. Ich bezahle.«

Der Padre reagierte nicht, er deutete auf das zweite Bett. »Für dich. Dusche auf dem Gang.«

Nein! Aber – gibt es überhaupt etwas Besseres? Ich kann hier nicht schlafen, in einem einzigen Zimmer mit dem Padre und den ekelerregenden Insekten! Angenommen, ich fände eine bessere Bleibe – was, wenn am Morgen der Padre nicht mehr da wäre? Zurückgefahren in sein widerständiges Resistencia, zu seinen widerständigen Indios? Samt meinem Geld?

Padre José hatte bereits geduscht und sich auf die Pritsche geworfen. Ein schmuddeliges Leintuch, sonst nichts. Ein Gestell über dem Bett mit grauweißem Stoff. Sofort war er eingeschlafen. Trotz des dusteren Lichtes konnte ich ihn jetzt besser betrachten als im Jeep. Sein Bart mickrig. Das ergrauende Haar dünn. Die Wangen eingefallen. Sah aus, als hätte er nicht genug zu essen. Einer vom asketischen Typ. Wie kommt ein Mann mit Universitätsbildung dazu, sein Leben am Arsch der Welt zu verbringen? Zwischen vierschrötigen deutschen Siedlern, palavernden Gauchos und unzivilisierten Indianern? Obwohl ich todmüde war, erweckte dieser Padre José, von dem ich nicht einmal den Nachnamen wusste, mein Interesse. Wäre da eine Story drin?

Nie in meinem Leben hatte ich in einem derart zweifelhaften Etablissement übernachtet. Ich legte mich angezogen auf die Pritsche, nickte ein, hörte es an der Tür klopfen. Ich öffnete. Das Mädchen war viel zu jung, viel zu schmutzig. Ich schüttelte den Kopf. Schöne Augen. Schade um die Kleine. Der Schlaf war weg. Das Musikgedröhne von der Plaza, die Moskitos. Unerträglich. Auch über meinem Bett ein viereckiges Gestell mit aufgerolltem Laken. Der Padre brauchte das wohl nicht, war immun gegen Insektenstiche und Krach. Ich ließ den viel zu dichten Stoff, der offenbar ein Moskitonetz ersetzen sollte, auf allen vier Seiten herunter und stopfte den Saum unter die Matratze. Die Sauger und die Schaben blieben außerhalb, der Lärm wurde vom schweren Gewebe verschluckt.

Ich liege wie in einer weiß getünchten Gruft. Leider kein kühles Grab. Schweißtriefend wälze ich mich unter diesem Vorhang hin und her, ringe um Luft. Scheinwerfer durchschneiden das Dunkel, eine flüchtende Indianerin irrt durch den Busch, ich renne ihr nach, falle, stecke im Sand fest, komme nicht hoch.

Ich musste geträumt haben, obwohl ich schwören würde, keine Sekunde geschlafen zu haben.

Es war schon hell um fünf Uhr früh. Seltsames Ding, dieses ausgehöhlte Kuhhorn, das mir Padre José in die Hand drückte, samt einer Thermoskanne. Darinnen graugrüne Teeblätter, vermischt mit holzigen zerschnipselten Stängeln.

Die Route wie gehabt: Sand, steiniger Boden. Vereinzelt Palmen. Viel dorniges Gebüsch mit vertrockneten Riesenfrüchten, die sich beim Näherkommen erhoben: Aasgeier. Eine dunkle Wolke über unseren Köpfen. Wir fuhren auf der Sandpiste neben dem löchrigen Asphalt. Der Padre lenkte mit der Linken, mit der Rechten zog er ein metallenes Saugrohr aus seiner abgewetzten rindsledernen Reisetasche, steckte es in den Kuhhorn-Teebecher und bedeutete mir, Wasser aus der Thermoskanne hineinzugießen. »Aufpassen, heiß!« Wann hatte er dieses Wasser besorgt? Wann hatte er bezahlt? Es konnte mir egal sein. Ich verschüttete etwas und verbrannte mir die Finger. Der Padre nahm mir das Horn aus der Hand, saugte am Metallrohr und spuckte aus. »Nachgießen! Vorsichtig, nicht so viel!« Der Padre saugte einen Mundvoll an, diesmal spuckte er nicht.

»Der erste Schluck ist zu bitter, aber der nächste weckt dir alle Lebensgeister«, murmelte er und hielt mir den Becher wieder hin. »Nur einen Schluck eingießen, mehr nicht!« Ich goss nach, der Wagen schlingerte, es tropfte heiß auf meinen Schenkel. »Jetzt bist du dran«, forderte mich mein Reisegefährte auf, offenbar schon mehr Gaucho als Europäer. Ich schüttelte den Kopf, es widerstrebte mir, aus demselben Mundstück zu saugen wie er.

»Das gibt sich«, sagte er, »zuerst ekelt dir davor, dann kannst du ohne Mate-Tee nicht mehr leben. Und du willst ihn nicht allein trinken, der Mate macht die Runde. Alle zuzeln aus derselben Bombilla.«

Verärgern wollte ich ihn lieber nicht, also schlürfte

ich vorsichtig aus dem Metallrohr, goss nach, hielt ihm das archaische Trinkgefäß zum Ansaugen des Tees hin, goss nach, zog das bittere Gesöff im Metallrohr hoch, verbrannte mir den Mund und so ging das hin und her, bis die Thermoskanne leer war. Der Padre schwieg vor sich hin. Nicht dass er einschlief! Plötzlich bremste er. Die Flüssigkeit in meinem Magen schien überzuschwappen. Der Jeep hielt.

»Austreten«, sagte der Padre.

Mich störte der autoritäre Ton, aber ja, ich musste, ganz dringend.

Als wir wieder einstiegen, zog der Padre eine Plastikflasche mit der Aufschrift *Agua Mineral Vital* aus dem offenen Handschuhfach. Er schraubte sie auf, nahm zwei lange Züge und hielt sie mir hin. »Das brauchst du, sonst sitzt du in Tucumán nur auf dem Klo und kannst nicht filmen.«

Ich setzte die Flasche an, nahm einen Schluck. Es brannte wie der Teufel. Aber es tat gut. Noch einen Schluck. Und noch einen. Als ich ihm die zweckentfremdete Mineralwasserflasche zurückreichte, trank der Padre erneut. Himmel, ob der Diener Gottes das packte! Wir hatten mindestens noch die halbe Strecke vor uns.

So, so, der fuhr unter Alkoholeinfluss ja noch besser, geradezu in Rallye-Manier. Dabei begann er auch noch zu plaudern.

»Hast du Familie?« So direkt fragt nur ein Pfarrer.

»Ich bin geschieden«, sagte ich.

»Kinder?«

Blöde Frage. »Nein –, das heißt, die unehelichen Töchter meiner Frau habe ich adoptiert.«

»Bist du ihr leiblicher Vater?«

»Nein.«

Eine gute Tat, meinte der Priester, vaterlose Kinder anzunehmen, das zeuge von einem großmütigen, menschlich hochstehenden Charakter.

Sein pfäffisches Gerede machte mich rabiat. Ein Schluck aus der Plastikflasche!

»Hochstehender Charakter, dass ich nicht lache. Diese Schlampe mit ihren zwei Bälgern!«

Der Padre zuckte zusammen.

»Ich wollte diese Frau, verstehst du!« Das *Du* war mir herausgerutscht. Zu dumm, ich hatte mir vorgenommen, den Pfaffen zu siezen, Abstand zu wahren. Aber ich konnte mich nicht bremsen.

»Ich wollte mir beweisen, dass ich sie bekommen kann. Meine allererste Liebe.«

Der Mann neben mir nickte. Die borstige Mundpartie verzog sich zu einem Lächeln. Das brachte mich erst recht auf.

»Ha, ich war Luft für sie, ein grüner Knabe. Was habe ich nicht alles angestellt, um an sie heranzukommen. Sie ging in meine Klasse. Alle machte sie verrückt. Spielte herablassend die Großmütige, die Erwachsene.«

Die Straße wurde schlechter, ich konnte damit rechnen, dass der Fahrer mir nicht mehr zuhörte. Dieser Scheiß-Chaco, der riss mir den Stöpsel aus der Seele! Es sprudelte aus mir heraus, hemmungslos, ungeniert.

»Das begehrteste Mädchen der ganzen Schule. Aber sie, sie wollte ja höher hinaus. Sie schlief mit einem, der war eine lokale Größe, Dirigent, verheiratet, vier Kinder. Wir wussten nichts davon.«

Ein scharfes Abbremsen, vor uns ein Krater, ein Meter im Durchmesser, einen halben Meter tief. Kein schöner Gedanke, dass wir darin stecken könnten.

»He, sind wir ganz allein auf dieser Route?«, fragte ich. »Was, wenn wir da stecken bleiben?«

»Huelga«, murmelte der Padre und gab Gas. »Wenn der Streik andauert, kommt tagelang keiner.«

Er griff nach der Flasche.

»Und? Deine große Liebe, wieso hast du so lang gebraucht, sie zu kriegen?«

Mir war nicht wohl bei der Sache, alles in mir war in Aufruhr, der Magen, der Darm – und meine Fantasie, die mir eine grausige Story vorgaukelte: Gestrandet in der Höllenpampa. Eine Berufskrankheit, diese überbordende Vorstellungskraft.

Ich erzählte weiter, um wieder Boden unter den Füßen zu bekommen.

»Meine Eltern übersiedelten ins Ausland, mein Vater war Diplomat. Ich verlor Lynn aus den Augen. Nach einem Vierteljahrhundert traf ich sie wieder. Ich drehte ein Musik-Video mit dem Kammerorchester, in dem sie Cello spielte. Eine reife Frau – und für mich immer noch die erste große Liebe! Sie wollte mich, endlich wollte sie mich! Zwei Monate später wurde geheiratet. Ich war jetzt so alt wie mein damaliger Rivale. Der war, ob du es glaubst oder nicht, der Vater der beiden Mädchen, die sie mit in die Ehe brachte. Dass Lynn partout heiraten wollte, nur um diesem alten Hurenbock zu zeigen, dass sie den berühmten Vater ihrer Töchter nicht brauchte, das bekam ich nicht mit. Der war schon zweimal geschieden und hatte gerade wieder geheiratet, ein bekanntes Model.«

»Und wann habt ihr gemerkt, dass ihr nicht zusammenpasst?«

Ich wunderte mich. Was kümmerte es schon die Kirche, ob man zusammenpasst oder nicht.

»Was verstehst denn du davon!«

Der Padre zuckte gleichmütig mit den Achseln.

»Das ist ja der Witz: Wir passten bestens zusammen. Lynn hat Humor, sie ist eine scharfzüngige Spottdrossel, hochintelligent. Was haben wir gelacht! Kein nerviges Herumstreiten! Wir hatten ein großzügiges Abkommen: Sexuelle Abenteuer sind bedeutungslos, was uns verbindet, ist mehr. Kapierst du? Wir waren füreinander gemacht.«

»Wieso habt ihr euch dann getrennt?«

Der Padre reichte mir die Flasche herüber, ich trank und es strömte mir warm durch die Eingeweide. Seltsamerweise machte das die Hitze erträglicher. Noch immer hockten schwarze Vögel auf Strauchgerippen, noch immer rannen mir Schweißbäche von der Stirn, noch immer waren wir die einzigen menschlichen Wesen in der Höllenpampa. Dennoch: Mir wurde leichter, auch wenn sich die Glieder schwerer anfühlten. Jahrelang verleugneter Groll machte sich Luft. »Ich werde das auch nie kapieren! Ihr Geliebter hat einen Bauch und eine Halbglatze, die er mit seinem lächerlichen schulterlangen Grauhaar kaschieren will. Dieser senile Trottel! Mit ihm hat sie mich betrogen! Unter anderem natürlich, aber die anderen machten mir nichts aus.«

Ich schrecke auf. Es ist still. Ich sitze im Lehnstuhl, die Musik ist weg, Ich bin nicht eingedöst, nein. Kein Traum. Sequenzen, durch die mysteriöse Musik des Geistertrios herbeigehext aus dem schwarzen Loch einer jahrelangen Amnesie. Mit überdeutlicher Klarheit und Farbigkeit überfallen mich die Bilder. Weiter! Ich tippe auf die Fernbedienung, ich muss das Trio noch einmal hören. Die ersten Takte: wie das Auseinanderreißen eines Vorhangs! Der Film in meinem Kopf läuft weiter. Unbeirrt.

Ja, so war es! Genauso.

»Wer?«, hörte ich den Padre fragen.

Rumms! Wir saßen fest! Gott sei Dank war ich nicht durch die Windschutzscheibe geflogen! War es die Hitze, der Schock oder der Schmerz? Vor mir verschwamm die verfluchte Höllenpampa samt der grellweißen Sonne zu einem Gewoge wie in Zeitlupe. Wortlos stieg der Padre aus und deutete mir, dasselbe zu tun. Aus seiner Hosentasche klaubte er ein Taschentuch von undefinierbarer Farbe. Er schraubte eine Plastikflasche auf und kippte den Inhalt vorsichtig auf das Tuch, das er mir auf den Kopf klatschte. Ich zuckte zusammen. Nein, es war nichts Hochprozentiges, nur Wasser, das mir lauwarm über die Stirn rann. Er wies mich an, ihm beim Herausmanövrieren des Rades aus dem Asphaltkrater zu helfen. Mit Hilfe eines Wagenhebers und äußerster Anstrengung wuchteten wir das Auto wieder vollständig auf die Straße.

Erst beim Anfahren sagte er noch einmal: »Wer?«

Ich verstand nicht, worauf er hinauswollte.

»Wer war es, mit dem sie dich betrogen hat?«

Mir war das alles zu viel. Wie ein Stöhnen kam es aus meiner Magengrube. »Der Vater der beiden Mädchen! Derselbe, den sie mir schon als Sechzehnjährige vorgezogen hatte. Dieses abgeschmackte Abziehbild von einem Stardirigenten! Dieses gottverdammte Schwein!«

»Lass Gott aus dem Spiel!«

Scham und Übelkeit machten mich aufsässig. »Was wisst denn ihr von Mann und Frau, ihr scheinheiligen, schwulen Soutanen-Träger!«

Der Padre nahm es gelassen, er hörte diese antiklerikalen Attacken sicher nicht zum ersten Mal. Er trage nie Soutane, sagte er, und dass es Homosexualität unter Klerikern gäbe, wolle er nicht abstreiten. Wieder beschämte er mich. Gerade ich hatte mich immer medienwirksam gegen jede sexuelle Diskriminierung engagiert.

Er selbst, sagte der Padre, er selbst sei allerdings nicht so geartet.

»Dann hast du also eine Bettgenossin«, spöttelte ich.

»Du täuschst dich, man kann tatsächlich ohne Frau

leben, wenn man eine große Aufgabe hat. Das gilt für Kämpfer, Mönche, Propheten, charismatische Führerfiguren in allen Gesellschaften.«

»Das klingt ziemlich überheblich.«

»Vielleicht. Obwohl ich ehrlich behaupten kann, dass mich meine Berufung ausfüllt. Mir fällt der Zölibat nicht so schwer. Wenn du eine unerreichbare Liebe hast, hilft dir das gegen das Verkümmern der Gefühle. Geht das in deinen Kopf hinein?«

Wieder eine Ziegenherde auf der Straße. Der Padre bremste nicht schnell genug. Der Alkohol tat auch bei ihm seine Wirkung. Ein Zicklein flog durch die Luft. Wir stiegen aus.

Das Zicklein quiekte jämmerlich. Der Padre zog ein Klappmesser aus der Hosentasche und schnitt dem sterbenden Tier die Kehle durch. Blut quoll auf den heißen Asphalt. Dass ich kotzen musste, schob ich auf den Alkohol.

»Du kannst das Tier nicht leiden lassen«, sagte der Padre ungerührt. »Bis es jemand findet, ist es schon verwest und ungenießbar. Hilf mir, wir hieven es in den Jeep.«

Die Idee, bei 45 Grad mit einer toten Ziege im selben Fahrzeug zu fahren, entsetzte mich.

»Ich werde das Tier in Tucumán verschenken, das ist ein Fest für eine arme Familie«, meinte der Padre leichthin und deutete mir, wieder in den Jeep zu steigen.

Das Reden war mir vergangen, ich war vollauf damit beschäftigt, meinen Brechreiz zu unterdrücken. Nur am

Rande nahm ich wahr, dass der Padre das Autoradio eingeschaltet hatte.

Neben der löchrigen Asphaltstraße ein breiter Sandstreifen mit Radspuren. Das Fahrzeug rumpelte vom Asphalt herunter und fuhr auf der Sandpiste weiter. Permanentes Schütteln statt dauernder Brems- und Ausweichmanöver.

Schläfrig von Hitze und Alkohol gelang es mir zu dösen. Der penetrante Geruch von Verwesung drang durch meinen Halbschlaf – und da war noch etwas, das mich nervte. Derart ausdauernd, dass ich den Padre anknurrte. »Wieso zum Teufel drehst du das Radio ständig lauter und leiser. Das macht mich verrückt!«

»Das Cello«, sagte der Padre, »der Motor macht so einen Lärm, da hört man das Cello nicht, beim Klavier dreh ich wieder leiser.«

Jetzt war ich wach genug um wahrzunehmen, welch eine Musik durch die gottverlassene Chaco-Wüste klang.

»He, Padresito, wie kommst du zu dieser Aufnahme?«

»Ein Gast aus Deutschland hat die Kassette im Zimmer vergessen.« Der Landrover fuhr jetzt ganz langsam. »Ein Stück Himmel für einen einsamen Missionar. Frag mich nicht nach dem Komponisten oder so was. Aber hör dir das an, das Cello! Mein Gott!«

Ich hatte es sofort erkannt. Trotz der schlechten Tonqualität.

»Wie kommst du zu Barenboim?«

»Wieso? Ich dachte, es wäre Schubert oder Beethoven. Es steht nichts drauf. Ein Trio eben.«

»Sag einmal, wie lang lebst du eigentlich schon zwischen Indianern und Gauchos, kleiner Pater?«, fragte ich. »Beethoven, du hast recht«, fügte ich hinzu, bemüht, weniger arrogant zu klingen, »das Geistertrio, gespielt vom Pianisten Barenboim, von der Cellistin Jacqueline du Pré und dem Geiger Zukerman. Gottbegnadete Juden alle miteinander. Eine Aufnahme aus den Sechzigerjahren, schwer zu bekommen heute.«

»Du kennst das? Spielst du auch ein Instrument?«

Ich hatte genug geredet, wozu sollte ich noch sagen, dass Lynn das Geistertrio gespielt hat und dass ihr diese hundert Mal gehörte Aufnahme ein unerreichbares Ideal war. Damals, als sie noch meine Frau war. Vorbei. Das hier war eine andere Welt. Pampa del Infierno. Gerüttel. Aasgestank. Sand im Mund. Sand in den Augen. Und – Cellotöne in den Ohren! Irre war das!

»Wegen dem Cello«, sagte der Padre, »wegen dem Cello habe ich diese Kassette immer dabei, wenn ich unterwegs bin.«

»Ist großartige Musik. Ob sie in die Pampa passt, ist eine andere Frage.«

»Du siehst es ja selber: Sand, Steine und Dornbüsche. Stundenlang. Da ist es gut, wenn die Musik ein anderes Bild vor deinen Augen aufsteigen lässt. Verstehst du?«

»Eine Fata Morgana? Bilder von grünen Wiesen, Bächlein und so?«

»Nein, es ist immer dasselbe Bild. Immer dasselbe Mädchen mit langen, schwarzbraunen Haaren.« Der Missionar hielt inne, sein letzter Satz schien ihm peinlich zu sein. »Es ist nur so ein Bild, das einem bei der Musik kommt, wenn man zu lang allein durch diese Gegend rumpelt.«

Ich schluckte eine anzügliche Bemerkung hinunter. Mein journalistischer Instinkt war stärker als mein Zynismus: Da kam sie angeflogen, die Geschichte, die Beute, auf die ich schon gelauert hatte.

»Schön klingt das«, ermutigte ich den Padresito zum Weitererzählen, »direkt poetisch. Ist ja eine ungewöhnliche Begabung, dass einer bei Musik solche lebendigen Bilder im Kopf hat.«

Der Padre schnappte nach dem Köder. Er wollte erzählen. Einmal, wenigstens einmal davon erzählen. Einem Fremden, der seine Muttersprache sprach.

»Das Cello hat eine goldbraune Lasur«, redete er weiter, wie im Traum, »die Haut des Mädchens ist genauso. Goldbraun. Wie Milch und Honig, sagt die Bibel.«

»Deine Vorstellungskraft ist eine Gabe Gottes, ich beneide dich!« Ich wollte die Story ankurbeln! Ich glaubte nicht, dass der Mann sich eine Fantasiegestalt erschaffen hatte. Er redete von seiner großen Liebe, war doch klar. Ich brauchte nur sein Gesicht genau anzusehen: Wie weich die Züge unter den Stoppeln geworden waren!

»Sie hat einen weiten Rock an«, murmelte der Pater weiter, »ihr Körper drängt sich an das Cello.«

Ich kapierte, dass der Alkohol bei dem Mann die gegenteilige Wirkung hatte wie bei mir: Ich wurde sarkastisch, er romantisch. Die Tonqualität des Kassettenrecorders war grauenvoll, dennoch – auch mich ließ diese Musik mit ihren rätselhaften Melodienbögen nicht kalt.

Der Padresito fuhr fort wie in Trance:

»Der Kopf neigt sich dem Cello zu. Wie zu einem Liebsten. Sie hebt den Kopf und dreht ihn, das Haar, das lange dunkle Haar, fließt einen Augenblick über ihr Gesicht. Und der Ellenbogen, der Unterarm, nackt und braun, das zarte Handgelenk, das die Hand mit dem Bogen führt, so schmal, so kraftvoll. Hin und her geht es, im Rhythmus der Musik. Das kann einem den Atem nehmen.«

Der Padre stieß einen leisen Seufzer aus. »Ein Engel!« Die Rechte des Padre tastete sich zum Knopf, der die Lautstärke regelte, die Töne schwollen an, drängten sich ins benebelte Hirn. Der zweite Satz des Trios begann: mystisch, leise, eindringlich. Der Engel wurde hörbar. Die Hände des Padre hielten das Lenkrad traumverloren, spielerisch gaben sie dem Hin- und Herschaukeln Raum. Als das Klavier den Hauptpart übernahm, schnellte die Hand des Fahrers wieder zum Gerät, der Ton wurde leiser. Er merkte das nicht. Wie oft hatte der Mann das Geistertrio schon gehört, mit nichts als einer vagen Ahnung, wer der Komponist sein könnte. Aber mit dem sehr konkreten Bild einer Cellistin.

Was das Lenken auf diesem unwegsamen Trail betraf, war der Padre ein Profi, das musste ich ihm lassen. Was das *story fishing* betraf, war ich der Profi; ich warf mein Netz aus und wartete, ob sich etwas Lohnendes drin verfing. Die Musik, der Alkohol und die Hitze waren meine Handlanger.

»Und ihr Gesicht?«, ließ ich wie beiläufig fallen.

»Ihre Augenbrauen, schwarz, in der Mitte fast zusammengewachsen, und darunter die dunklen Augen. Du musst in dieses Gesicht schauen, denn du fühlst dich angezogen und gleichzeitig bedroht. Du siehst diese zarte Einkerbung an der rechten Braue. Und die feine Nase. Und diesen Mund. Den wundervollen Bogen der Oberlippe. Die kleine Unregelmäßigkeit der Unterlippe. Wenn sie die eine Spur verzieht, glaubst du, sie lacht über dich. Ich sag dir: Der beseligende Blick einer Frau, wenn sie den Bogen führt. Und dann dieses spöttische Lächeln, mit dem sie auf deine Bewunderung reagiert – das kannst du dir nicht vorstellen!«

Ich konnte! Ich sah das Gesicht vor mir, die hochmütig-mokante Unterlippe, die dichten Brauen. Das Vorhang-auf-Vorhang-zu-Spiel der dunklen Mähne. Das Cello zwischen den Beinen.

»Sieglinde Wondratschek«, entfuhr es mir.

Der Wagen schlingerte. Wortlos brachte ihn der Padre wieder in die Spur. Das konnte er. Predigen wohl auch. Aber was die Frauen betraf, da war er ein romantischer Volltrottel, jawohl, ein Volltrottel. Deshalb und nur deshalb nahm ich ihm die Geschichte von dieser einzigen, großen, unerfüllten Liebe eins zu eins ab. Armer Teufel! Wie ich. Ein Gefühl der Brüderlichkeit überschwemmte mich und ich wollte meinen Arm um seine Schultern legen. Meine alkoholbedingte Ungeschicklichkeit und die Tücken der Piste machten daraus einen Schlag auf seinen Hinterkopf. Jetzt drehte er seinen Kopf zu mir, ich blickte in sein Gesicht: verbissen und verschlossen.

Da werde ich nichts mehr herausholen. Jetzt fühlt er sich verletzt und betrogen.

Das erste Mal in seinem Leben hatte er sich einem Menschen anvertraut. Einem Fremden. Und dieser Fremde zerriss mit zwei Worten den geheimnisvollen Schleier, den er über sein Bekenntnis gelegt hatte: Vorname, Nachname.

Der Teufel ritt mich. Lynn-Sieglinde. Ihn hatte sie nicht um seinen Traum betrogen. Mich schon. Mich hatte sie hintergangen, zum Narren gemacht, und bei der Scheidung über den Tisch gezogen. Ein bohrender Schmerz: Lynn! Die zerbrochene Illusion, die Demütigung meines Lebens: Lynn! Das Mädchen Sieglinde. Er sollte es mir büßen! Der kleine Pater mit seiner sträflichen Naivität. Mit seinem Glauben an die Liebe, an Gott und Gerechtigkeit.

Na warte! Da hat mir das Schicksal einen Sündenbock in die Hände gespielt.

Eine kuriose Vorstellung machte sich in mir breit: Das wäre der richtige Ort, um diesen Sündenbock, bepackt mit allen meinen Verirrungen, in die Wüste zu schicken, wie es die alttestamentarischen Juden taten – ein probates Entlastungsritual. Was für ein dummer Gedanke. Aber seine heilige Einfalt würde ich ihm austreiben!

»Also, mein lieber kleiner Pater, das ist ein Ding! Fahr ich in der Weltgeschichte herum, damit ich meine niederträchtige Ex vergesse, meine Lynn. Das war ihr Künstlername. Als Mädchen hieß sie Sieglinde Wondratschek. Kapiert! Und mitten in der Höllenpampa erzählt mir ein kleiner Diener Gottes, dass sie ein Engel sei. Kostet mich einen Lacher! Habe ich dir ja erzählt, die treibt es mit jedem, liebt keinen. Alles nur Berechnung. Und ihr tatteriger Verflossener, wer weiß, wie der es ihr besorgte, dass sie immer wieder zu ihm zurückkehrte.«

Das hatte gesessen, der Padresito klammerte sich ans Lenkrad. Sein Gesicht versteinerte, sein Mund wurde zum Strich. Zorn, Wut, Schmerz.

Passt! Er soll leiden! Weiter! Ich habe ein Opfer gefunden, ich kann nicht aufhören!

»Wenn sie jetzt hier wäre, sie würde es auch mit dir machen, da kannst du Gift drauf nehmen. Dir könnte diese Schlampe ja noch allerhand beibringen!«

Abrupt schleuderte es mich nach vorn. Verdammt! Wir standen. Der Motor war wie tot. Ich sah nur Sand, kein Loch.

»Steig aus! Du musst anschieben.«

Ich schiebe nicht gerne. Egal ob Schnee, Schlamm oder Sand, es spritzt einem dabei immer Dreck ins Gesicht.

»Na los!«, knurrte der Padresito. Der schaute zum Fürchten aus, bleich unter seinen Stoppeln, ein Funkeln in den Augen. Ich wollte ihn lieber nicht noch mehr in Rage bringen, stieg fluchend aus und schob nur halbherzig. Ohne Anstrengung sprang der Motor an, der Jeep fuhr los.

Na hallo, nicht so weit, ich habe keine Lust, einen Spaziergang durch den Sand zu machen! Jetzt bremst er endlich. Gibt er wieder Gas? Wieso wendet er? Ich komme ja schon!

Schwer atmend stand ich am Rand der Piste. Der Jeep zischte an mir vorbei.

Stopp! Stopp! Hier bin ich! Er muss mich doch gesehen haben! Ist er verrückt? Stopp! Stopp! Ich laufe, wedle mit den Armen, rufe. Um Gottes willen, das wird doch nur ein Witz sein! Der will mich erschrecken, er wird wenden und wiederkommen.

Ich blieb stehen, keuchte, rannte weiter, schwitzte wie eine Sau, sah den Jeep auf die Sandspur wechseln, eine Staubfahne hinter sich herziehen. Eine Staubfahne, die immer kleiner und kleiner wurde.

Das hätte ich dem Mann Gottes nicht zugetraut! Der fuhr zurück zu seinen Indios. »Aaaaarschloch!«, brüllte ich, »Du Hund, du falscher!« Keine Staubfahne mehr. Nur Sand, Steine und Dornen.

Ein Griff nach der Hosentasche, der Pass steckte drin, das Scheckheft auch.

Kann ja nicht so lange dauern, bis da einer kommt, ein LKW, ein Bus. Nein! Huelga, Streik! Da kommt keiner!

»Mörder! Möööörder!«

Nur nicht aufgeben! Wozu hatte ich ein sündteures Überlebenstraining absolviert, *survival skills* geübt. Gelernt, welche Pflanzen auf Wasser hinweisen, gelernt, nach Wasser zu graben. Das gab eine tolle *adventure story*!

»Das Wasser im Chaco ist mineralisch, salzig, untrinkbar«, hatte er mir erklärt, der scheinheilige Pfaffe, »die Stadt lebt vom Tiefbrunnen.« Die Stadt! Pampa del Infierno. An 200 km dürften wir gefahren sein, bevor ... verdammt! Verbissen marschierte ich los. Nicht einmal so ein lächerliches Käppi hatte ich, wie es der Padresito immer trug. Nur sein Taschentuch, das er mir auf den Kopf geklatscht hatte. Ich knotete mir daraus eine Kopfbedeckung. Gehört zu den *survival skills*. Meine Füße schwammen im Sand, ich wechselte auf den Asphalt. Zu heiß, zu weich, zu klebrig. Wieder auf die Sandpiste. Ein Ziel setzen, man muss sich ein erreichbares Ziel setzen, hieß es beim Überlebenstraining. Vorne, ein Busch, dunkle Auswüchse an den Ästen. Schatten. Man muss sich ein Ziel setzen. Die Ausbuchtungen waren Geier. Hätte ich wissen müssen. Sie flogen nicht einmal auf, als ich näher kam. Unter dem Baum lag Aas. Durchdringender Kadavergestank. »Mich bekommt ihr nicht!«, schrie ich hinauf zu den nackten gierigen Hälsen. In den scharf gekrümmten Geierschnäbeln hingen Fetzen von Fleisch. »Ihr bekommt mich niiiiiicht!! Verdammte Aasfresser!« Ich gab das Gezeter auf, zu trocken der Mund. Weiter! Weg von den Vögeln des Todes, weg vom Gestank der Verwesung! Einen Fuß vor den anderen setzen! Das sagt man so. Habe ich auch schon verwendet, in einer Wüstensand-Doku. Ein ausgelutschtes Bild. Einen Fuß vor den anderen, befahl mein Gehirn. Einen Fuß vor den anderen. Einen Fuß vor den anderen. Bis sich schlagartig die Landschaft änderte: grün!

Bäume. Gras. Ein graublauer Streifen unter den Bäumen. Wasser!

Eine Indiofrau taucht zwischen dem Gestrüpp auf. Sie geht barfuß rasch, leicht nach vor gebeugt, mit einer Last auf dem Rücken. Die Last bewegt sich: ein riesiges Angorakaninchen. Mein Benny! Er strampelt, die Vorderläufe zappeln über den Schultern der Frau. Sie hält die Pfoten. Ihre schwarzen Haare beben mit den verzweifelten Bewegungen des Tieres mit. Ein Mann kommt. Mit einem Messer. Er will dem Hasen die Kehle durchschneiden. Die Frau bleibt stehen, hebt den Kopf. Die rechte Braue ist von einer Narbe geteilt. Mit ihren schrägen Augen schaut sie mich vorwurfsvoll an. Jetzt nimmt der Mann das Messer und schneidet meinem Benny die Kehle durch. Der Kopf des Tieres fällt zurück, ich starre auf tote Augäpfel. Hinter der Indiofrau steigt die Sonne hoch und wirft ihre glühenden Messer nach mir. Ich verdurste.

Sie ruft jemanden. Ein Mann mit sehr heller Haut und wässrig blauen Augen schaut mich an. Das ist nicht der mit dem Messer. Vor ihm habe ich keine Angst. Hilfe! Ich versinke im Sand.

Dr. Neufeld, der Weißblonde mit den wässrig-blauen Augen, sprach Deutsch. Später erfuhr ich, dass er, der Chefarzt im Hospital Municipal von Salta, zu einer evangelischen Brüdergemeinde gehörte, die sich – immer auf der Flucht vor Verfolgung und modernem Teufelswerk – im Chaco angesiedelt hatte. Ich verstand seine Fragen, wollte antworten, fand die Wörter nicht. Ich wusste, sie waren da, sie warteten in Habachtstellung auf den Exerzierplätzen in meinem Kopf, aber um nichts in der Welt bewegten sie sich in Richtung Zunge. Vor Zorn darüber wollte ich die Fäuste schütteln, doch meine Arme waren fixiert. Ich hing an Schläuchen. Ausgeliefert. Irgendwann verstand ich, dass der Tropf lebensrettend war. Die Krankenschwester blieb mir unheimlich. Eine Narbe spaltete ihre Braue, wie bei der Indiofrau. Sie hatte meinen Benny, das Angorakaninchen meiner Kindheit, gestohlen. Ich wollte sie fragen, wo er ist. So sehr ich mich anstrengte, Worte zu finden, es war hoffnungslos. Ich wusste, dass mein Hase Benny hieß, doch ich wusste nicht, wer ich selber war. Ich blieb in einem undurchdringlichen Kokon von Panik und Desorientierung eingesponnen. Tagelang.

Nur langsam fügten sich in meinem Gehirn einzelne Puzzleteile zusammen. Dr. Neufeld erzählte mir, der Fahrer eines Pritschenwagens habe mich von der Ladefläche voller Säcke mit Maniokwurzeln gehoben und auf der Stiege zum Spital abgelegt. Entdeckt habe mich der halb indianische Händler in Rio Muerto am Rand der Piste, aufmerksam geworden durch eine ungewöhnlich große Ansammlung von Aasgeiern auf einem Dornbusch. Bevor man ihn ausfragen konnte, war er auf und davon. Keine Dokumente, kein Geld. Dass man mich nicht einfach abkratzen ließ, verdankte ich Dr. Neufeld, der mich, den in den letzten Zügen liegenden Unbekannten, in die Intensivstation einwies.

Sobald ich imstande war, meinen Namen zu nennen, regelte sich alles. Man wandte sich an den deutschen Konsul. Dieser brachte es tatsächlich fertig, meine Identität zu klären, mir einen neuen Pass zu beschaffen und mich ausfliegen zu lassen. Die Versicherung zahlte alles, nachdem mir die Polizei bestätigt hatte, dass ich Opfer eines Verbrechens geworden war. In Tucumán war das Festival wegen des Streikes abgesagt worden. Niemandem war aufgefallen, dass der angemeldete deutsche Fernsehjournalist nicht eingetroffen war. Mein Lebensretter – so muss ich ihn wohl nennen, auch wenn Uhr, Pass und Scheckbuch nicht mehr aufgetaucht waren – hatte noch vor Tucumán die Abzweigung nach Norden genommen, denn seine Säcke waren für die viel weiter entfernte Stadt Salta bestimmt. So war er noch stundenlang unterwegs gewesen, samt dem verdurstenden Gringo auf der Ladefläche.

Presto

Wieder in Deutschland, brauchte ich gut zwei Monate, bis ich wie früher funktionierte. Die Versicherung hoffte, durch eine Psychotherapie herauszufinden, was wirklich passiert war. Ich wusste nur, dass ich die Wasserfälle von Iguazú gefilmt hatte und in einem Flugzeug nach Buenos Aires gesessen war. Dann: ein schwarzes Loch. Zwei Wochen weggesaugt ins Nichts. Nur, dass da eine Indianerin gewesen war mit sehr dichten Brauen, die rechte Braue eingekerbt. Sie hatte sich als Krankenschwester ausgegeben und mich an das Bett gefesselt. Ich weiß, ich weiß, Halluzinationen eines Komapatienten.

Nun ja, der Versicherung hätte geholfen werden können: Ein ganz bestimmtes Musikstück hätte genügt, um meine Erinnerung auftauchen zu lassen. Was mich betrifft, hatte ich mit diesem Erinnerungsloch gut leben können.

Zu viel Wodka. Erst am späten Vormittag wache ich auf, angekleidet, im Lehnsessel. Die Termine im Sender versäumt.

Am nächsten Tag in meiner Post wieder ein schwarz geränderter Brief. Drinnen eines dieser Sterbebildchen zum Aufblättern. Vorne ein Heiliger Josef mit Tischlerwerkzeug und Lilie. Ich kenne diese Darstellung, im Schülerheim in Salzburg hing so ein Bild im Gang.

Innen das Foto: Er ist es! Pater Josef Mayr aus Salzburg, Indianermissionar in Argentinien, gestorben in Wien an einer heimtückischen Krankheit. Mayr hieß er also, der Padresito José. Josef Mayr! Der mit der Bitte um Vergebung. Dem ich – so hoffe ich – jahrelang auf dem Gewissen gelegen bin. Er wird nachgeforscht und gewusst haben, dass ich noch lebe.

Padre José, mein Beinahe-Mörder – tot.

Lynn, das hochbegabte, faszinierende Luder, die engelsgleiche Sieglinde – tot.

Ich – lebe.

Heute Abend werde ich mir noch einmal die CD anhören, Beethoven, Opus 70. Das Geistertrio. Nüchtern und ohne Gehirnvideo. Besser ich überspringe das Largo. Zu unheimlich. Ich will den dritten Satz hören. Das Presto, das Beschwingte, Rasante, Kraftvolle.

Presto. Das ist Meines.

Ich lebe.

Richard Wagner
TRISTAN UND ISOLDE
Isoldes Liebestod – Orchestervorspiel: Liebestod

ISOLDE IM SCHNEE

»Scheiß Wagner!«, stieß Pamela hervor, stürzte zum CD-Player und schaltete ihn aus. Ich war baff. Das ist doch …! Nun ja – zu viel Nachtdienst, zu viel Stress! Das ist in allen Spitälern so, am Wiener AKH ist das nicht anders. Aber dass die Kollegin einen Wagner nach zwei, drei Takten erkannte, überraschte mich noch mehr als ihr Ausflippen. Die sonst immer äußerst liebenswürdige Frau Dr. Pamela Martí blickte auf, holte Atem – ich dachte, sie wolle sich entschuldigen. Irrtum.

»Violeta«, sagte sie mit leiser, gepresster Stimme, »Violeta!«

»Nein«, sagte ich automatisch, »Isolde, nicht Violetta. Violetta ist Verdis Traviata.«

»Parra«, konterte Pamela. In ihrer Stimme schwang Erbitterung und Traurigkeit mit. »Violeta Parra wirst du doch kennen. Die chilenische Sängerin!«

Ich schämte mich meiner dummen Besserwisserei und schenkte ihr Kaffee aus der Thermosflasche ein. Als sie die Tasse hielt, merkte ich, dass ihre Hände zitterten.

»Ich habe meine Tochter Violeta genannt, aus Bewunderung für Violeta Parra.«

»Gracias a la vida«, trällerte ich in die Stille des Ärztezimmers. Ich kenne das Lied, ein Welthit.

Pamela sprang auf, ging mit der Tasse in der Hand unruhig hin und her.

»Gracias a la vida! Das ist es! Du und ich, was tun wir denn die ganze Zeit, wenn nicht Leben erhalten! La vida! Das Leben! Dein Leben, mein Leben – und verdammt, das Leben meines Kindes, hinter dem sie her sind wie die Teufel. Verstehst du? Diese Todes-Mafia, diese perversen Egomanen! Und dein Wagner gehört auch zu denen!«

Ich versuchte gar nicht, mich zu verteidigen. Ja, ich hatte eine Wagner-CD eingelegt, ja, den Liebestod aus dem Tristan. Bitte, wann habe ich denn Zeit und Ruhe dafür, wenn nicht in einem vielleicht ruhigen Nachtdienst? Andere schlafen beim Tristan ein, mich hält er wach. Kirsten Flagstad als Isolde, 1949, ein Juwel. Dann heute eben nicht.

»Was ist? Erzähle!«, sagte ich besorgt.

Pamela setzte sich an den Tisch, ließ den dunklen Wuschelkopf auf die gekreuzten Arme fallen. Die Schultern zuckten. Nach einer Weile hob sie den Kopf. Alles Lebhafte war aus ihrem sonst so aparten Gesicht gewichen. Tränen. Unaufhaltsam. Ich unterdrückte den Impuls, ihr ein Beruhigungsmittel anzubieten, und legte stattdessen die Schachtel mit Papiertaschentüchern neben die Tasse mit dem kalt gewordenen Kaffee.

Pamela redete, rasch, ohne zu stocken. Wie aufgedreht. Die Worte überschlugen sich, wütend, klagend.

Und zwischendurch zögernd, als könnte sie ihren eigenen Sätzen kaum glauben.

—

»Da hast du ein Kind, das du liebst wie sonst nichts im Leben, und merkst dabei nicht, wie es sich neben dir zugrunde richtet. Neben dir! Du weckst deine Tochter auf, du frühstückst mit ihr, nun ja, wenn der Dienstplan so ist, dass es sich ausgeht, redest über die Schule und über Sneakers und Sandaletten. Schickst sie in die Klavierstunde, in den Ballettunterricht, in den Sportverein – und merkst nichts! Braves, gescheites Mädchen! Keine größeren Pubertätskonflikte. Keine Schulprobleme. Kein Herumhängen in der Disco. Dabei so hübsch, gertenschlank, etwas zu schlank, aber das sind sie heute alle. Eines Tages stellt dir deine Tochter einen netten Knaben vor, Abschlussklasse an ihrem Gymnasium. Er habe sie für klassische Musik begeistert, sagt sie. Geht mit ihm sogar in die Oper! Und ich, die kluge Frau Doktor, bin darauf reingefallen. Alles Fassade! Habe einfach nichts gemerkt! Bis mir Geld abging. Ein Fünfziger weniger in der Geldtasche – fällt mir nicht auf. Chaotisch wie ich bin. Nicht, dass ich Geld im Überfluss habe. Alleinerzieherin, Wohnung, Auto, das kann eng werden. Immerhin zahlt Violetas Vater pünktlich. Kümmert sich auch ein wenig um seine Tochter. Dass ich nicht wusste, wo mein Geld hingekommen ist, ist immer öfter vorgekommen. Meine Schlamperei! So kann es nicht weitergehen, ich passe auf. Überrasche Violeta, wie sie einen Hunderter aus meiner Geldtasche fischt. Sie erfindet Ausreden. So gekonnt, dass ich ihr viel zu gerne glaube. Den Hunderter, den wollte sie um jeden Preis behalten. Noch mehr eloquente Lügengeschichten. Tränen, Verzweiflung. Da kapierte ich, dass es um Erpressung oder Drogen gehen musste. Ich Idiotin! Hätte ich doch nur auf ihre Nasenflügel geschaut. Früher! Rechtzeitig! Meine Tochter *Schnee* sniffend! Ich sagte ihr auf den Kopf zu, dass sie das Geld für Kokain braucht. Vehementes Ableugnen. Dann Tränen, Reue, Versprechungen. Termine beim Drogenberater. Violeta, das gute Kind, macht alles mit. Eine ambulante Entwöhnungstherapie. Der beste Spezialist Wiens. Privat. Teuer. Der Papa zahlt, du weißt: schlechtes Gewissen.«

Pamela wurde von einem insistierenden Fiepen unterbrochen, das Licht über der Tür ging an. Sie sprang auf. »Notfall!« Beide liefen wir gleichzeitig los. Hektik, bis wir abgelöst wurden. Keine Rede mehr von vertraulichen Bekenntnissen.

———

Die Geschichte von Pamelas Tochter bedrückte mich. Nur eines begriff ich nicht: Was hat Wagners Isolde mit Violeta zu tun? Ich konnte Pamela nicht fragen, ich würde erst in zwei Wochen wieder gemeinsam mit ihr Nachtdienst haben.

Ich habe Violeta als Kind einmal gesehen, damals,

als Pamela zu ihrem Dreißigsten eingeladen hatte. Das Mädchen musste so um die neun Jahre alt gewesen sein. Schüchtern und gelangweilt. Dunkles glattes Haar, große Augen. Nicht das hübsche Näschen und das quirlige Temperament ihrer Mutter. Für das Kind blieb an diesem Abend nicht viel Aufmerksamkeit übrig. Denn die bündelte sich auf den Vater des Mädchens: Dr. Wieselky, ein bekannter Herzchirurg, und wie man witzelte, ein ebenso bekannter Herzensbrecher. Er stammte aus einer polnisch-jüdischen Emigrantenfamilie, die nach Argentinien ausgewandert war, hatte in Wien studiert und eine Wienerin geheiratet. Die Affäre mit der dunkellockigen Medizinstudentin aus Buenos Aires soll nicht seine einzige gewesen sein. Pamela, inzwischen Turnusärztin am AKH, dachte damals immer noch, er würde sich scheiden lassen, um sie zu heiraten. Was mich betrifft, nun ja, ich kann nur bestätigen, Dr. Wieselkys Ruf als Womanizer war nicht aus der Luft gegriffen.

Ich war bald darauf für Jahre ins Ausland gegangen. Als ich vor Kurzem aufs Neue in Wien zu arbeiten begann und auf Pamela traf, hatte ich wenig Ahnung von ihren Lebensumständen. Offenbar war sie noch immer alleinerziehend, hatte eine problematische Tochter und verlor die Beherrschung, wenn sie Wagner hörte.

Bei den nächsten Nachtdiensten, zu denen ich mit Pamela gemeinsam eingeteilt worden war, fiel sie aus. Frau Dr. Martí sei in Argentinien, hieß es. Zwei Wochen später war sie wieder da. Hohläugig, abgekämpft, aber nicht so fahrig und nervös wie das letzte Mal. Wie dünnhäutig sie immer noch war, merkte ich erst, als ich betont scherzhaft fragte, ob ich einen Mozart einlegen solle oder ob sie Tango bevorzuge. Blöd von mir. Pamela reagierte heftig. Ob ich denn die grauenhafte Wagner-CD bereits entsorgt hätte, ansonsten würde sie das eigenhändig übernehmen und das verdammte Ding zerkratzen, zertrampeln und in den Müll werfen, sie hätte schon eine gewisse Praxis in solchen Sachen.

Isolde und Violeta – ich erinnerte mich. Wo war der Zusammenhang? Was war passiert?

»Was hast du gegen Wagner«, fragte ich betont locker, weil mir das »Was ist eigentlich mit deiner Tochter passiert?« zu intim war. Pamela antwortete ohne Umwege auf die Frage, für die ich zu feig gewesen war.

—

»Blut, stell dir vor, überall Blut, am Leintuch, auf der Bettdecke, auf dem Teppich und dem Boden, und mittendrin ... dein Kind! Totenbleich ohne Lebenszeichen. Wenn du das überlebt hast, bringt dich nichts mehr um. Nie mehr möchte ich so etwas erleben! Nie mehr! – Blut, Blut, immer noch rinnt es aus den Pulsadern. Die klaffenden Schnitte im Handgelenk – du kannst es dir nicht leisten wegzubrechen, da funktioniert die Ärztin in dir. Abbinden! Den Vater anrufen! Der rast mit Blaulicht und Blutkonserven durch die Stadt. Infusion, immer noch in diesem grauenhaften Zimmer voller Blut. Violetas Zimmer. Erst, als ich die Musik ausmache, merke ich, dass da unablässig Musik im Hintergrund läuft. Wagner!

Privatklinik. Damit kann eine Einweisung in die Nervenklinik inklusive Polizeibericht vermieden werden. Violeta ist nach ein paar Stunden außer Lebensgefahr, sie erholt sich langsam.

Ich tobe und schreie bei diesem superteuren Therapeuten herum. Der hat mich immer beruhigt: Der Fall sei durchaus noch ambulant therapierbar, es gäbe viel Schlimmeres und blablabla. Er hat auch den Auslösereiz für Violetas Kokainkonsum diagnostiziert, einen Auslösereiz, wie dieser in seiner Praxis noch nie vorgekommen sei: Die Patientin war mit ihrem Freund in jeder Vorstellung des Tristan gewesen, in der Pause vor dem letzten Akt wurde gesnifft. Direkt in der Staatsoper, in einem WC.

Ja, das hat er gesagt. Ich bin damals schon ausgeflippt. Sah die Szene direkt vor mir, wie diese hochbezahlte Koryphäe bei einem Ärztekongress das Elend meiner Tochter – meiner Tochter! – als kuriose musikinduzierte Sucht-Variante genüsslich vor der kulturbeflissenen Ärzteschaft ausbreitete.

Ja, ich war informiert. Was hatte ich unternommen? Violetas Beziehung zu dem Wagner-Freak sofort unterbunden. Nie wieder Wagner! Dachte, das würde genügen.

Natürlich nicht!

›Was wollen Sie‹, sagt mir der Therapie-Guru glatt ins Gesicht, als ich ihn für den Beinahe-Selbstmord verantwortlich mache, ›die Therapie war doch effektiv‹. Die Depression und die Überreaktion – hör einmal: Überreaktion nennt er das Aufschneiden der Pulsadern! – zeigen, dass die Patientin den Entzug durchgehalten habe.

›Dann kommt der Moment‹, doziert dieser aufgeblasene Gockel, ›in dem die Patientin erkennt, dass sie ohne Droge ein Nichts ist. Das durch das Kokain ins Wahnhafte gesteigerte Selbstwertgefühl fällt nach dem erfolgreichen Entzug in sich zusammen. Leider mit Folgen, die nicht immer in den Griff zu bekommen sind.‹

Mein Gott bin ich wütend! Ich würde den Typ am liebsten erwürgen!

Daheim durchsuche ich sofort Violetas Zimmer. Finde die Wagner CDs. Den ganzen Ring, dazu Parzival, Lohengrin, Tristan. Eben den Tristan aus deinem CD-Player. Violeta hat sich zum Liebestod-Motiv die Pulsadern aufgeschnitten!

Violetas Vater und ich suchen fieberhaft nach einem Weg, um Violeta zu retten. Die Idee kommt von ihm: Therapie ja, aber weit weg von Violetas normalem Umfeld. Seine Eltern in Buenos Aires würden sich sicher gern Violetas annehmen. Orthodoxe Juden, israelitisches Gymnasium, absolut keimfrei, was Wagner betrifft.

Jetzt ist sie also in Buenos Aires, meine Violeta. Bei den alten Wieselkys. Ohne Kontakt zu meinen zugegebenermaßen linksliberalen Eltern. Wir telefonieren jeden Tag. Sie klingt depressiv, aber nicht high. Ich kenne das jetzt. Scheint so, als würde der alte Judengott, an den ich nicht glaube, die Hand über mein Kind halten.«

―

Es blieb eine ruhige Nacht. Pamela bedankte sich höflich, dass ich ihr zugehört habe, in der Folgezeit erwähnte sie Violeta nicht mehr. Die Tragödie dürfte sich zum Guten gewendet haben, denn Pamela fand zu ihrer früheren Lebhaftigkeit zurück, blühte geradezu auf. Aha, eine neue Liebe. Gut so. Viel zu lang konnte sie sich von Dr. Wieselky nicht lösen. Den *Neuen* hat sie bei ihren häufigen Besuchen in Buenos Aires getroffen, einen ehemaligen Schulfreund.

Ich hörte, Violeta habe das Abitur am Colegio Israelita geschafft.

Kein Rückfall. Soviel ich wusste. Mein Kontakt zu Pamela war nicht sehr eng. Umso überraschter war ich, als sie mich zwei Jahre später zu ihrer Hochzeit einlud.

―

Eine Traumhochzeit mit allem Brimborium. Ungewöhnlich viele Freunde und Kollegen – sollte etwas demonstriert werden? Wie damals bei ihrem Dreißigsten? Die Hochzeit sei zugleich ihr Abschiedsfest, sagte Pamela. Sie würde nach Argentinien gehen, sobald ihre Anstellung im Hospital Aleman fix sei. Die Familie des Bräutigams war aus Buenos Aires eingeflogen worden.

Zur allgemeinen Verwunderung war auch Dr. Wieselky präsent. Und Violeta. Das Mädchen stand etwas isoliert herum, es war verlorene Liebesmühe, sie in ein längeres Gespräch zu verwickeln. Sie hatte noch immer diesen unbeteiligten Gesichtsausdruck, wie damals als Neunjährige. Neben ihrer Mutter wirkte sie hölzern, sie war größer, überschlank, das Gesicht nicht gerade ebenmäßig, zu große Augen, zu große Nase. Weder das Temperament ihrer Mutter noch den Charme ihres Vaters – trotzdem eine gewisse Faszination ausstrahlend. Es gelang keinem der anwesenden jungen Männer, sie zu beeindrucken. Sie tanzte nicht, trank nichts.

Pamela dagegen strahlte vor Glück und brachte die ganze Veranstaltung ohne Misston über die Bühne.

Zwei Monate später übersiedelte sie. Der Neue hatte eine Luxuswohnung in Buenos Aires und ein Landhaus samt Finca am Río de la Plata. Wir blieben in sporadischem E-Mail-Kontakt. So erfuhr ich, dass Violeta, kaum achtzehnjährig, zum Judentum übertrat, einen orthodoxen Juden heiratete und wie alle Konvertiten fanatisch die vielen Vorschriften ihrer Religion einhielt.

»Sie betet mit Inbrunst, geht in die Synagoge und kocht nur koscher! Und noch etwas«, schrieb Pamela, »ich werde Großmutter. So jung! Ich muss mir eingestehen, dass mir meine Tochter jetzt noch viel fremder ist als damals, als ich sie fast an die Sucht verlor. Drei Jahre sind seither vergangen«, schrieb sie weiter, »ich dachte, es sei an der Zeit, mein eigenes Trauma aufzuarbeiten. Ich habe mir ebendiese CD gekauft, die ich damals zerstampft habe, den Liebestod aus dem Tristan. Ich wollte es wissen. Wo ist das Suchtpotenzial in dieser Musik? Ich wollte es fertigbringen, mir das – trotz aller furchtbaren Erinnerungen – bis zum Schluss anzuhören. Es ist mir nicht gelungen. Du glaubst es nicht: Ich bin dabei eingeschlafen.«

Johannes Brahms

**SONATE FÜR KLAVIER UND VIOLONCELLO
E-MOLL OP. 38**

DIE FARBEN DES CELLOS

Erna kennt das. Sie ist am falschen Ort, am falschen Platz. Gezwungenermaßen lässt sie ein Klavierkonzert über sich ergehen. Sie hasst das Klavier. »Üben, üben!«, hieß es für die kleine Erni. Die Mühsal der molligen Nonne, die ihr mit Etüden gekommen war, blieb umsonst: Aus ihr wurde keine erträglich anzuhörende Klavierspielerin.

Ein altehrwürdiger Saal. Holzdecke, dicke Mauern. Rittersaal heißt er, seit das Schloss revitalisiert worden ist. Ritter hat es hier nie gegeben, das weiß Erna noch vom Heimatkundeunterricht. In ihrer Kindheit wurde der Raum als überdimensionierte Pfarrkanzlei genutzt, mit direktem Zugang in die Schlosskirche.

Die Schlosskirche mit dem unbequemen Gestühl! Dort musste sie sonntags immer still sitzen.

Wie jetzt.

So ein Hochamt dauerte ewig. Die Mutter sang im Chor, das zöpfchentragende Ernilein saß brav neben dem Vater auf der harten Kirchenbank.

Erni, ein blöder Name, nichts zu machen. Ihre Freundinnen hatten es besser. Aus Liesl, Kathi und

Greterl wurden Elisabeth, Katharina und Margaretha. Das klingt gut.

Aber Ernestine?

Ernilein ist Schnee von gestern. Jetzt braucht sie eigentlich nicht mehr stillzusitzen. Trotzdem sitzt sie da, wo sie nicht hingehört. Unwillig, unruhig. Erste Reihe fußfrei. Zwischen den gediegen festlich gekleideten Konzertbesuchern wirkt sie mit ihrer aparten Kurzhaarfrisur, dem raffiniertem Make-up und dem trendy Styling wie ein Fremdkörper.

Trotzdem ist sie in der Pause nicht gegangen. Denn jetzt kommt ihre kleine Schwester dran. *Aglaya Baumhackl, Klavier, Dorian Ledoux, Violoncello. Brahms, Sonate für Klavier und Violoncello e-Moll op. 38*, steht im Programm.

Liebevoller Stolz überströmt Erna. Sie hat damals den Namen für das um acht Jahre jüngere Schwesterchen ausgesucht: Aglaya, die Schöne. Schon als Kind ein blondgelocktes Klavierwunder. Die Geschwister hingen aneinander, die Große beschützte die zarte Kleine, die Kleine kopierte eifrig die ältere Schwester. Noch mit dreizehn wollte Aglaya – so wie Erni – Friseurin werden. Papa war außer sich. Sein Musikgenie als Friseurlehrling! Bei Erni brummelte er nur, als sie das Gymnasium abbrach und endlich etwas mit den Händen machen wollte: Frisuren formen, Gesichter gestalten.

»Die hat ein Handerl, die Erni«, erkannten die Kundinnen bald und rissen sich um einen Termin bei ihr.

Heute führt sie einen der ersten Salons in der Landeshauptstadt. Ihre Kreationen kann sie des Öfteren in den *Seitenblicken*, der Promi-TV-Sendung, bewundern. Für sie bedeutet das: Immer tipptopp, immer chic, immer im Stress. Eigentlich keine Zeit für ein Konzert, doch Aglaya hat sie zum Kommen gedrängt. Erni soll unbedingt den mit dem Cello begutachten, Aglayas Duo-Partner. Aglaya hat sich Hals über Kopf in ihn verliebt. Dieser Dorian Ledoux hat schon einen guten Namen in der Musikszene, er verspricht, Aglaya groß herauszubringen. Beide, ihn und sie als Traumpaar auf dem Podium – und privat.

Da kommen sie. Beifall. Der mit dem Cello ist kleiner als Aglaya. Aber hübsch mit seiner kinnlangen Mähne. Sehr gepflegtes Haar, das sieht Ernas geschultes Auge sofort. Ungefärbt, aber mit einem Glanzpräparat aufgehellt. Macht sich gut im Licht der Kristallluster. Ein Wirbel an der Stirn drängt die Haarflut nach hinten, seitlich fallen die Strähnen als seidiger, mit jeder Kopfbewegung flatternder Vorhang über das halbe Gesicht. Ohne einen natürlichen Wirbel ließe sich diese Frisur nur schwer herstellen. Aber Erna hat schon eine Idee, wie man das anlegen könnte, eventuell würde sie Haarteile verwenden.

Aglaya nimmt am Klavier Platz. Ein Blick zum Cellisten und sie beginnen. Was sie spielen, ist Erna egal, sie ist hier, um den jungen Mann unter die Lupe zu nehmen.

Schön klingt es, beunruhigend schön. Dunkel, singend, immer mehr anschwellend drängt der Celloton Aglayas Klavierspiel in den Hintergrund. Spielen kann er ja, der Lover ihrer Schwester! Wie seine Finger über die Saiten gleiten, auf und ab und hin und her, das hat etwas Erotisches. Ein Liebesspiel. Muss der seinen Oberkörper so nach hinten fallen lassen und dabei mit entrücktem Blick sein sexy geschwungenes Instrument streichen? Machen die Cellisten das immer so? Nahe beieinander stehende verschattete Augen, die Brauen ungezupft, über der Nasenwurzel fast zusammengewachsen. Eine ungewöhnlich zierliche Nase und dieser halb offene Mund. Wie das Schnäbelchen eines hungrigen Vogeljungen. Er schnauft beim Spielen. Das ist peinlich. Verwirrend.

Die Musik bricht ab. Aglaya hat ihr eingeschärft, dass sie auf keinen Fall klatschen dürfe, bevor nicht alle anderen klatschen.

Der zweite Satz beginnt fröhlich. Das Klavier tritt mehr in den Vordergrund, Aglaya scheint sich freigespielt zu haben. Sie blickt immer wieder zum Cellisten, sie strahlt. Ihr Lover hält die Augen geschlossen, öffnet sie, dreht den Kopf zu Aglaya, lächelt, schüttelt das Haar. Das Klavier tanzt, das Cello singt.

Ein Augenblick der Stille. Als die beiden erneut ansetzen, steigern sie sich in ein aufpeitschendes Spiel hinein, das Erna eigenartig erregt. Die Töne bohren und winden sich in ihren Gehörgang, weiter bis ins Herz, weiter bis in die Knie. Erna starrt auf den Mann mit dem Cello, fühlt sich umwickelt von seinen exzentrischen Bewegungen, festgezurrt vom Schrammen des Bogens über die Saiten. Wehrlos.

Nein! Der gehört Aglaya. Dieser geschniegelte Beau mit seinem lächerlichen Mündchen und seinem eitlen Mähnenspiel!

Das ist ja ein Überfall! Ob dem Komponisten auch so zumute war wie ihr, als er dieses verdammte Stück geschrieben hat?

Mit ihr spielt sich da nichts ab! Sie muss wegschauen! Aglaya, Schwesterchen, wie soll ich diesem Magier, diesem Verführer entkommen, ich sitze seinem Cello ja direkt zu Füßen. Erna fällt auf, dass das Instrument ein atemberaubendes Farbenspiel hat. Das hilft. Das lenkt ab. Da ist Erna Expertin. Ob Haar oder Holz – über Farbtöne weiß sie alles. Über die Töne, die aus dem Bauch des Cellos kommen, weiß sie leider gar nichts, womöglich sind sie deswegen so beunruhigend.

Besser, sie hört nicht hin und konzentriert sich auf den warmen Honigton des Instrumentes.

Aus Mittelblond, der Nummer 7, dazu Naturgold Nummer 3, würde sie diese Farbe komponieren. Von 703 würde sie auf 774 gehen, weg mit dem Naturgold, ein sattes Rotbraun dazugemischt, das gibt einen intensiven Kastanienton. Mit Violett müsste man nach 775 changieren, das wäre dieser leichten Stich nach Mahagoni am oberen Rand des Cellos.

Ernis Fähigkeit, die Nummern ihrer Haarfarben-Paletten wie die Noten eine Partitur zu lesen und daraus ihre Kompositionen zu schaffen, ist manchen unheimlich. Ihr nicht. Was jedoch hier abläuft, hat sie nicht im Griff, beängstigt sie.

Weiter. Starr aufs Holz blicken, nicht auf den Mann! Sanft verlaufende dunkle Flecken am Cellobauch. Zweifellos ein 454, ein Dunkelmahagoni, das in ein 355, einem intensiven Braun mit einem Hauch Rotgold, verläuft.

Lichtreflexe fallen auf die glänzende Wölbung des Cellos. 803, 834, 873, Gold, Rot, Braun auf Hellblond. Darüber irisierende Reflexe. Wie im Haar des Cellisten. Erna gibt es einen Stich.

Wie der spielt! Nicht nur mit den Fingern und dem Bogen, nein, auch mit seinen Haaren, die immer in leidenschaftlicher Bewegung sind.

So einer ist ihr noch nie passiert. Ihr, der Kühlen, Pragmatischen.

Der Typ gehört Aglaya. Punkt.

Konzentration auf die Farben hilft: Da, das sehr Helle unter dem Steg wäre ein 931. Der dunkle Rand des Instruments ein 477.

Hören die nie auf zu spielen? Die Musik wird immer drängender. *Too much emotion.*

Erni starrt auf das Holz des Cellos und beginnt von vorn: 703, 774, 775, 454, 355, dann alle diese Achthundertertöne – zum Teufel mit Hellblond!

Natürlich benutzt eine gute Friseurin nie vorgefertigte Mischungen. Sie ist ja kein Drogeriemarkt. Erna mischt die Anteile hinsichtlich Farbtiefe und Farbrichtung höchst differenziert und raffiniert. Strähnchen, Reflexe, schimmernde Nuancen. Sie beherrscht alle Techniken. Keine Kundin verlässt ihren Salon mit dem gleichen Farbton wie eine andere. Erna irrt sich nie, Farben, Zahlen, Mischungsverhältnisse hat sie intus. Wie ein Dirigent ein Werk, noch ehe er es probt.

»Hexe«, sagen die Kolleginnen neidvoll.

»Zauberin«, sagen die Kundinnen bewundernd.

»Keine Hexerei«, antwortet Erna darauf, »und keine Alchemie, nur etwas Chemie.« Gefährlich viel Chemie, Steinkohlenteer, Diethanolamin, Isopropyl, Ammoniak und wie die Substanzen alle heißen. Auskennen muss man sich!

Erna denkt an die sommersprossige Kundin, eine bezaubernde Rothaarige, die geschockt in ihrem Salon erschienen war, weil ihr die Haare büschelweise ausfielen. Sie war doch nicht krank! Mit professionellem Blick sah Erna, dass auch die Sommersprossen weg waren und die Schöne wohl selbst mit einer quecksilberhaltigen Bleichcreme herumexperimentiert hatte. Nicht verzagen, Erna fragen! Die richtet das schon, die kennt sich in des Teufels Küche aus.

Aber dieser engelsgleiche Teufelsbraten da mit dem Cello, der macht sie hilflos.

Was einem doch für Gedanken kommen bei klassischer Musik!

Jetzt spielen Aglaya und dieser Dorian rasend schnell. Rumms! Und aus! Applaus.

Erna klatscht, muss Aglaya anlächeln, die sich mit

ihrem Dorian an der Hand verbeugt. Es hat den Leuten gefallen, sie hören nicht auf zu applaudieren. Die beiden gehen schon zum dritten Mal von der Bühne ab und kommen zurück. Verbeugen sich wieder. Aneinandergeschmiegt.

Jetzt beginnen sie erneut zu spielen. Die Zugabe klingt verboten schön, Erna muss die Cellofarben noch einmal durchbeten: 703, 774, 775, sie weiß, sie irrt sich nicht, 454, 355, 801, 803, aus dem Cellobauch dringt eine sanfte, melodiöse Männerstimme, 834, 873, wenn das nicht bald aufhört, kann sie nichts mehr tun gegen ihr unbeherrschbares Gefühl, 931, 477, dieses rhythmische Schrammen geht ihr durch und durch. Ihr wird schwarz vor Augen, 355. Der Applaus bringt sie zurück.

Im Foyer kommt Aglaya auf Erna zu: Gefeiert muss werden. Sie muss dabei sein. Unbedingt.

Erna erzählt Aglaya gespielt fröhlich, dass sie sich ausgedacht habe, wie man Haare färben müsse, um genau das Farbenspiel des Celloholzes wiederzugeben. Aglaya ist perplex. »Du kannst doch nicht ans Haarfärben denken bei der Musik!«

Oh, das war jetzt verkehrt.

»Nein, nein«, sagt Erna hastig, »aber – es wurde ja lang genug geklatscht und solche Sachen sehe ich doch mit einem Blick, das ist mein Beruf.«

Aglaya hört schon nicht mehr hin. Ihre Euphorie ist durch nichts zu bremsen.

Gefeiert wird in jenem Teil des Kellergewölbes im Schloss, der sich *Chevaliers' Pub* nennt. Alles Kollegen

aus der Musikakademie. Und sie. Erna. Auf die Frage
»Welches Instrument spielen Sie?«, antwortet Erna jeweils mit charmantem Lächeln. »Ich spiele auf einem lebendigen Instrument, dem menschlichen Haar.« Sie amüsiert sich mitanzusehen, wie es dem einen schneller und dem anderen langsamer dämmert, dass er eine Friseurin vor sich hat. Und wie sich ihr Gegenüber bemüht, seine Konsternation zu verbergen.

Als Aglaya ihren Dorian hinter sich herzieht, um ihn mit der Schwester bekanntzumachen, spielt Erna dasselbe Spiel. Der Cellist scheint einen Augenblick verblüfft, dann aufrichtig entzückt.

»Eine edle Kunst, der Schönheit verpflichtet!«, flötet er enthusiastisch. Aglaya, vom vielen Anstoßen mit Sekt ungewohnt ekstatisch, beeilt sich, ihm zu erzählen, dass ihre Schwester im Stande sei, die Farben seines Cellos auf Haare zu bannen.

»Oh, Erni«, er spricht es *Örnie* aus und der schmeichelnde Akzent geht Erna durch und durch, »das musst du mir machen. Gleich morgen. Geht nicht? Aber übermorgen! Sagen wir um elf oder halb zwölf?«

»Oh ja, das macht sie«, stimmt Aglaya aufgedreht und beflissen zu. Natürlich kommt ihr nicht in den Sinn, dass sie dafür einer anderen Kundin absagen müsste, ärgert sich Erni. »Das wird fantastisch, Dorian. Dein wunderbares Haar und Dein wunderbares Cello – alle werden hingerissen sein!«

Erna schluckt und nickt. Aglaya und Dorian werden von Kollegen in Beschlag genommen, jäh ist es ruhig um Erna. Als sie sich suchend herumdreht, steht sie unvermutet ihrem Abbild gegenüber, die Wand zur Garderobe hin ist verspiegelt. Mit dem prüfenden Blick einer in der Modebranche Tätigen mustert sie die überschlanke Frau im schwarz-goldenen Designer-Hosenanzug. Exquisiter Modeschmuck, goldene Strähnchen im schwarzbraunen Kurzhaar. Passt! Erna weiß ihren androgynen Typ effektvoll zu unterstreichen.

Da taucht hinter ihrem Spiegelbild plötzlich ein heller Fleck auf. Dorian. Er fixiert sie mit seinen brennenden Augen unter den starken Brauen.

»774, 675, 336, 641, 801, 803, 834«, flüstert Erna beschwörend, als könne dieses Ritual ihr das verlorene Gleichgewicht zurückgeben. »873, 931, 355.« Das Gesicht im Goldrahmen kommt langsam näher. Sie spürt, wie sich ein Arm um ihre Taille legt.

»Komm«, flüstert Dorian. Er zieht sie mit sich hinter einen Garderobenständer, drängt sich wortlos an sie und presst seinen Mund auf den ihren.

Man hört die Tür aufgehen, zwei sichtlich angeheiterte Männer poltern in Richtung Garderobe. Dorian lässt Erna los.

»Bis übermorgen um elf«, flüsterte er ihr ins Ohr, »in deinem Salon.«

Erna ist total durcheinander. Das Blut hämmert ihr in den Ohren. Nur jetzt nicht Aglaya in die Augen schauen müssen! Sie flüchtet ins WC. Durch die Plattenwand unter dem Gewölbe hört man aus dem Männerabteil obszönes Lachen.

»Der ist mir einer, der Dorian, vögelt mit der schönen Aglaya und nimmt sich ihre Schwester als Zugabe.«
«Wieso ihre Schwester?« Die zweite Stimme klingt völlig überrascht.
»Hast du es nicht gesehen?«, sagt der andere mit einem anzüglichen Unterton, »ich dachte zuerst auch, es sei ein Bürschchen, das er da gedrückt hat, sah ganz so aus! Der Dorian hat auch ein Faible für hübsche Knaben.«
»Was, bitte?«
»Männlein und Weiblein, der lässt nichts aus, verteufelt noch einmal!« Schmutziges Lachen.
»Ob das seine Frau weiß? Im fernen Paris? Sie soll erst 19 sein und er hat ihr schon ein Kind gemacht.«
»So blöd muss einmal sein«, spöttelt der andere, »aber ein toller Hund ist er schon, der Dorian.« Die Spülung rauscht, die Männer entfernen sich geräuschvoll.

Erna steht da, wie mit einem Kübel Schmutzwasser übergossen. *Er hat ein Faible für hübsche Knaben!* Sie ringt nach Luft, die Demütigung hat ihr den Atem verschlagen. Das also ist sie für ihn! Begehrenswert als knabenhaftes Zwitterwesen, als Dragking, als Lustknabe – oder was? Der Boden wankt unter ihren Füßen. Sekundenlang. Ist sie etwa keine Frau? Ist das die Wahrheit über sie? Jetzt atmet sie tief durch.

»Ich bin Erna, ja, und ich bin eine Frau, eine idiotisch-verknallte Frau!« Sie stampft auf. »Nicht mit mir. So nicht! Und nicht mit Aglaya! Verheiratet ist das

Früchtchen, Frau und Kind in Paris. Na warte! Rache! Feuerrot! 744. Das ist er nicht wert. Nachtblau, 282, eiskalt. Quecksilberbleich! Warte nur, Dorian! Übermorgen im Salon!«

—

Wer eine CD des bedeutenden Cellisten Dorian Ledoux kauft, kann auf dem Cover den Shootingstar mit einer attraktiven Mähne in fantastischen Blond-, Braun-, Rot- und Goldtönen bewundern.

Wer genauer hinschaut, merkt, dass sich in dem seidigen Haar die Farben seines Cellos wiederholen. Faszinierend. Attraktiv. Verführerisch.

Wer das Glück hat, den Künstler live im Konzert zu erleben, ist verblüfft: Dorians Celloton ist wie erwartet unnachahmlich – sein Schädel unerwartet haarlos.

Kein attraktiver Glatzkopf. Ein zu flacher Hinterkopf und eine unschöne niedrige Ausbuchtung über der Stirn. Dort, wo früher ein Wirbel das Haar so interessant gescheitelt hat. Früher.

Oh, Dorian! Rache ist süß, honigsüß, honigfarben, karamellfarben, kastanienfarben. Rache ist cellofarben und – von einem matten Leuchten, das von einer fatalen Dosis Quecksilber kommt.

Georg Friedrich Händel

ANKUNFT DER KÖNIGIN VON SABA

Aus Salomon, HWV 67, Oratorium in drei Teilen

DIE KÖNIGIN VON SABA

»Monseñor Wiesner?«

Regina hatte sich die Frage nach ihrem Großonkel sorgfältig eingeprägt. Ihr Volkshochschul-Spanisch war nicht schlecht. Bisher hatte es sich bewährt: vom Flughafen der Hauptstadt Asunción bis in diesen südlichsten Winkel Paraguays, wo üppige Vegetation, Sojafelder und Urwaldausläufer die Provinzstadt Encarnación bedrängten. Missionsbischof ist ihr Großonkel dort. Sie hatte ihn noch nicht kennengelernt; Zeit ihres Lebens hatte er seine Heimat Österreich nicht mehr besucht. Monseñor, so war ihr gesagt worden, wird ein Bischof angeredet, und Regina war unbeschwert genug gewesen, den alten Mann nicht von ihrem Kommen zu verständigen. Was hätte sie ihm am Telefon sagen sollen? Dass sie wissen wollte, was es mit dem dubiosen Geheimnis in ihrer Familie auf sich habe, und dass nur er es aufklären könne? Womöglich war er misstrauisch, schwerhörig oder vergesslich, und konnte sich an die Verwandten in der Südsteiermark gar nicht mehr erinnern. Ihre Mutter hatte ihn als verschlossenen Menschen beschrieben, als eine eindrucksvolle, groß gewachsene Erscheinung.

Regina gefiel die Hitze am Autobusbahnhof, das Menschengewimmel, der Lärm. Gleich die erste Person, die sie auf der Straße nach dem Bischof fragte, bedeutete ihr, sie könne mit ihr gehen. Es war eine hagere Frau mit zwei hüftlangen, grauen Zöpfen. An ihrem Wortschwall, in dem offenbar die einheimische Sprache, das Guaraní, dominierte, scheiterte Reginas Spanisch. »En la catedral …«, das verstand sie jedenfalls. Es war ein Wochentag, früher Vormittag, und es schien ihr seltsam, dass um diese Zeit eine Messfeier stattfinden sollte. Je näher sie den prunklosen Türmen der Bischofskirche kam, umso mehr Menschen strömten in diese Richtung.

»Muss wohl irgendein lokaler Feiertag sein«, dachte Regina und ließ sich von der Menschenmenge durch das Portal der Kirche treiben. Ihre Begleiterin war dicht neben ihr geblieben und drängte sie in die lange Reihe derer, die sich nach vorne schoben.

Als Regina den Altarraum erblickte, erschrak sie: Ein offener Sarg, schlicht und ungeschmückt. Männer, Frauen und Kinder traten zum Sarg, tauchten einen feingefiederten, grünen Zweig in einen silbernen Behälter und besprengten die Leiche. Die Frau mit den grauen Zöpfen strich voll Mitgefühl mit ihrer knochigen Hand über Reginas nackten Arm und zeigte nach vorn. »Monseñor Andrés!«

»Nein! Zu spät!« Nach ein paar Schritten stand Regina vor dem Sarg. Es kostete sie Überwindung, den Toten anzuschauen. Sie betrachtete das starre Gesicht und spürte ihr Herz bis in die Kehle hinauf schlagen.

Erschreckende Fremdheit und quälende Vertrautheit gingen von dieser wächsernen Maske aus.

Hatte ihr Großvater auf dem Totenbett auch so ausgesehen? Regina war Au-pair-Mädchen in den USA gewesen, als er an einem Schlaganfall verstorben war. Sein Versprechen, ihr am Tag ihrer Hochzeit ein Stück Familientradition weiterzugeben, war ihr damals ziemlich pathetisch und reichlich verstaubt erschienen. Er konnte es nicht einlösen. Erst nach seinem Tod hatte sie begriffen, wie wichtig dieses Wissen für sie gewesen wäre. Und wie intensiv ihre gegenseitige Zuneigung gewesen war.

Eine tiefe Trauer stieg in ihr auf. Um den Großvater. Nicht um den Toten vor ihr, den sie nicht gekannt hatte. Der Großvater aber, ein Stück von ihr, war ihr ohne jedes Abschiedsritual abhanden gekommen.

Plötzlich wurde sie von einer mächtigen Woge Musik überschwemmt: Trompeten, Hörner, Posaunen!

»To-o-chter Zion, freu-eu-eu-e Dich!«

Händel! Hier? Gegen die dammbrechende Wirkung dieser Töne war Regina machtlos: Tränen liefen ihr in einem fort über die Wangen. Als sie ins Kirchenschiff zurückkehrte, spürte sie neugierige, aber auch teilnehmende Blicke.

Die Hagere mit den langen Zöpfen schob Regina in die erste Sitzreihe.

Da, im Seitenschiff, die Musiker! Kinder, größere und kleinere, manche fast noch zu klein für ihr Instrument, für die große Tuba, die lange Posaune. Vergnügte

Schulbuben an Pauken und Trommeln, schwarzbezopfte Mädchen mit Klarinetten und Querflöten. Ein halbes Hundert dunkelhäutiger junger Musikanten. Und Händel! Am Rand des Urwalds! Schwüle draußen, Kühle im Kirchenschiff. Der Kontrast ließ die Instrumente ganz leicht verstimmt, aber immer noch großartig erklingen. Schluchzen und Schnäuzen untermalten die getragene Melodie. Die Trauerliturgie begann, Regina konnte den Reden und Gebeten nicht folgen.

»Ich bin zu spät gekommen, nur um Tage zu spät«, dachte sie bedrückt. Der Mann im Sarg konnte ihr keine Antwort mehr geben. Was sollte sie jetzt tun? Da hoben die Musikanten im Seitenschiff noch einmal ihre Instrumente an. Musik setzte ein. Unglaublich, diese Kinder!

»Das ist doch ...«, Regina spürte, wie ein leichtes Erschrecken ihr den Brustkorb zusammenpresste, »... der *Einzug der Königin von Saba*!« Ein tiefer Atemzug und ein überströmendes Glücksgefühl breiteten sich in ihr aus. Das war nicht irgendein Händel, das war ihr ganz persönlicher Händel.

Welch ein Zufall! Oder kein Zufall? Hat der Missionar, der seine Heimat als junger Mann verlassen hatte, diese Musik im Herzen getragen? Als Familienerbstück? Diese Musik, die in barockem Überschwang in der Kuppel seiner Heimatkirche auf dem Frauenberg Bild geworden war: König Salomon auf seinem prächtigen Thron und ihm mit großem Gepränge entgegenziehend: die Königin von Saba. Prunkentfaltung in Blau und Gold. Der mächtigste Mann, die großartigste Frau des Erdkreises! Mit Wein hat der Künstler das Fresko gemalt, weil – so erzählt die Legende – Wasser damals zu knapp gewesen war.

Regina war als kleines Mädchen, das Kraushaar in feste Zöpfchen geflochten, oft in dieser Kirche auf dem Frauenberg gestanden, hatte den Kopf in den Nacken gelegt, um die dramatische Szene in der Kuppel zu betrachten. Die Mutter musste wieder und wieder die Geschichte erzählen, an deren Ende sie jedes Mal bedeutungsvoll auf die Familientradition hinwies und erklärte, dass Regina das lateinische Wort für Königin sei. Dass sie, wie diese prachtvolle Frau auf dem Gemälde, auch eine Königin sein sollte, hatte Regina mit Stolz erfüllt.

Erst als eine Solotrompete strahlende Händelsche Melodienbögen in die gedrückte Atmosphäre der Bischofskirche zeichnete, wurde Regina bewusst, dass dieses Stück für ein Jugendorchester eigentlich zu anspruchsvoll war. Die Harfe, die atemlos und virtuos die Trompete umspielte! Der Harfenist, höchstens fünfzehn, ein indianischer Typ mit glattem, in die Stirn fallendem Haar. Der Trompeter, blond, vielleicht der Kapellmeister. Welch grandiose Musik für welch grandioses Weib! Die Königin von Saba! Regina spürte, dass ihr der Tote im Sarg vertraut zu werden begann. Großonkel Andreas.

In ihrer Familie waren alle musikalisch. Die Mutter im Kirchenchor, der Vater bei der Blasmusik. Regina hatte in der Musikschule ein Instrument nach dem anderen gelernt: Harfe, Hackbrett, Zither, Maultrommel und Okarina. Als *Schönegger Tanzlmusi* spielte sie mit ihrem Freund Patrick und ihrer Schwester Sabrina bei Hochzeiten und Dorffesten auf. Patrick blies Trompete, Klarinette und Schwegelpfeife, Sabrina spielte Geige und Gitarre.

In der überfüllten Kathedrale von Encarnación setzte die Trompete zum letzten Dacapo an, sekundiert von der Harfe. Meisterhaft! Im Grunde viel zu fröhlich für den Schluss eines Requiems. So hell und funkelnd! Ob diese Musik nicht doch das Rätsel ihrer eigenen Herkunft erhellen konnte? Auch wenn sich nun der Sargdeckel über ihren Großonkel Andreas schloss, dem einzigen, von dem sie sich Auskunft erhofft hatte. Man würde ihn nicht ins Grab senken, so viel hatte sie verstanden, sondern in einer Nische in der Bischofskirche beisetzen. Armer alter Mann, vielleicht wäre er lieber im Familiengrab an der besonnten Wand der Heimatkirche auf dem Frauenberg begraben worden, dort, wo die Windischen Bühel und die Karawankengipfel die Weite des Blicks eingrenzen.

Schon drängelten sich die Kinder mit ihren Instrumenten aus dem Tor der dämmrigen Kirche ins gleißende Sonnenlicht. Regina erhob sich rasch. Sie musste mit dem Kapellmeister reden!

Georg Friedrich Krüger, Musikstudent aus Halle, verteilte Lob an die jungen Musiker, beugte sich zu den kleineren hinunter und scherzte mit ihnen. Als er aufschaute, blickte er in ein von schwarzen Ringellöckchen eingerahmtes Gesicht mit übergroßen, dunklen Augen und vollem Mund. Er begriff mit einem Schlag: Dieses Gesicht war Musik für ihn. Er würde diese Musik zum Klingen bringen! So wie die 300 Jahre alten Noten, die ein Missionspater auf dem Dachboden seiner Sakristei entdeckt hatte. Besessen hatte sich Jorge auf das schlimm lädierte Notenmaterial gestürzt, es in einer ungeheuren Arbeitsleistung im Alleingang rekonstruiert und als *Misa de la Santísima Trinidad* in den Ruinen der Kirche von Trinidad aufgeführt – zum ersten Mal, seit das Experiment eines christlich-kommunistischen Jesuitenstaates durch die Vertreibung der Guaraní-Indianer und deren geistlichen Beschützer im 18. Jahrhundert ein gewaltsames Ende gefunden hatte.

Mit seinem Instinkt für das Außergewöhnliche fixierte Jorge diese aparte Señorita, die er für eine Brasilianerin hielt. Doch das bemühte Spanisch, in dem sie fragte, wie es dazu käme, dass hier am Rande des Urwalds dieser wunderbare Händel dargeboten werde, verriet ihre Herkunft: Der deutsche Akzent war unverkennbar. Das gab ihm einen Vorteil in die Hand, den er nützen würde.

»Maestro Jorge. Kapellmeister dieses Jugendorchesters.« Er sei Musikstudent aus Halle. Händel, dem großen Sohn seiner Heimatstadt zu Ehren, von seinen musikliebenden Eltern Georg Friedrich getauft. Georg Friedrich Krüger, in Paraguay einfach nur Jorge, seit Kurzem immerhin Maestro Jorge. Als Zwanzigjähriger hatte er ein freiwilliges Jahr bei den Missionspadres in Encarnación absolviert, erzählte er beflissen. Hängengeblieben sei er, weil ihm der Bischof aus Österreich die Möglichkeit eröffnet hatte, ein Jugendorchester mit Straßenkindern zu gründen.

»Ich habe eine Vision: Jedem Kind ein Musikinstrument! Du siehst, was in fünf Jahren dabei herausgekommen ist! Natürlich musste ich das Stück bearbeiten und es den vorhandenen Instrumenten und dem Können meiner Spieler anpassen. Das Schwierigste war der Part der Harfe, weil sich die paraguayische Harfe immer nur in einer einzigen Tonart einsetzen lässt. Ich habe da einen jungen Indio entdeckt, der ist der reinste Harfen-Paganini. Die übrigen Musiker sind Schulkinder, alle mit geborgten Instrumenten, alle sehr begabt. Dem Bischof lag viel an Musikerziehung. Und an Händel. Vornehmlich an Händel. Ein hochmusikalischer Mensch übrigens, dieser Monseñor Andrés, der da eben in seine Nische eingemauert wird.«

Die schöne Deutsche wurde am Arm gepackt. Was wollte die Alte von ihr? Jorge war verärgert. Er kannte die Graubezopfte gut: Doña Eusebia, die Haushälterin des Verstorbenen.

»Du sollst zum Bischof kommen«, übersetzte Jorge.

»Der ist doch tot!«, sagte die Deutsche.

»Zum Bischof Claudio Fernandez«, sagte Jorge. »Der

ist jetzt der Administrator des Bistums. Aber eigentlich ist er Bischof von San Isidro.«

Die knochige Frau redete nun noch schneller.

»Sie redet Guaraní«, erklärte Jorge. »Sie behauptet, du seiest eine Verwandte von Monseñor Andres, wo du doch eine Gringa, eine Europäerin, seiest und beim Begräbnis so viele Tränen vergossen hättest.«

Als die Deutsche mit Doña Eusebia verschwunden war, wurde Jorge erst bewusst, dass er viel geredet, doch nicht nach ihrem Namen gefragt hatte. Er war sich sicher, er würde sie wiedersehen.

—

Doña Eusebia führte Regina in ein unauffälliges Haus, den Bischofssitz. Der Innenhof war erstaunlich groß, mit gedeckter Galerie und üppiger Vegetation. Ein Mann kam auf sie zu. Dichtes dunkles Haar, ein kurzer schwarzer Bart, buschige Augenbrauen und ein unendlich menschenfreundlicher, lebenssprühender Blick. Er musste Monseñor Claudio Fernandez, der Bischof, sein, obwohl er für sein Amt einen viel zu jugendlichen Eindruck machte. Regina kramte aus ihrer Tasche den Pass hervor, öffnete ihn, um zu bestätigen, dass ihr Nachname Wiesner und sie die Großnichte des Verstorbenen sei.

Doch der Bischof lächelte abwehrend. »Ist nicht notwendig, you look a lot like him.«

Regina erstarrte. Sie sah niemandem in ihrer Familie

ähnlich. Die Augen zu rund, die Nase zu lang, die Lippen zu wulstig, das Haar zu gekräuselt. Der Mann im Sarg hatte Ähnlichkeit mit ihrem Großvater, aber doch nicht mit ihr!

Bischof Claudio griff sich an die Stirn und zeichnete mit seinem Zeigefinger die Wölbung der Augenbrauen von innen nach außen nach. Dabei beschrieb er einen hohen Bogen, der weit bis zur Schläfe reichte. »This!«, sagte der Bischof lächelnd und blickte sie fragend an, den Finger immer noch an seiner Schläfe ruhend, so dass klar war, er würde keinen Widerspruch dulden. Regina wünschte sich nichts so sehr, als dass dieser Zeigefinger jetzt – sofort! – die seit Jahren verleugnete Linie ihrer Augenbrauen in ihrem Gesicht nachzeichnete.

»Hat mein Großonkel«, versuchte Regina ihrer Verwirrtheit zu entkommen, »hat Monseñor Andrés Aufzeichnungen hinterlassen, die ich haben könnte?«

»Tut mir leid, er gehörte einem Missionsorden an, und alles, was er je geschrieben und besessen hat, geht in den Besitz des Ordens über.«

Regina war enttäuscht, den Tränen nahe. Nein, sie hatte nicht auf ein Erbe gehofft, aber auf ein Tagebuch vielleicht oder auf einen wie auch immer gearteten Nachlass mit dem Vermerk »Erst nach meinem Tode zu öffnen!«, den Schlüssel zum Familiengeheimnis.

Bischof Claudio erhob sich und kramte in einer Schreibtischlade. »Hier, er war Pfeifenraucher! Diese Pfeifentasche hat ihn auf all seinen Reisen ins Landesinnere begleitet.« Er hielt eine rindslederne Tasche in Buchgröße in der Hand, fleckig und abgewetzt vom vielen Gebrauch.

»Die Campesinos haben sie ihm geschenkt, selbst gegerbt, selbst genäht. Für seine zwei Pfeifen. Ich denke nicht, dass der Orden eine Verwendung dafür hat.« Auf dem Gesicht des Bischofs breitete sich ein versonnenes Lächeln aus. »Seine wenigen geruhsamen Stunden hat er mit dem Stopfen und Rauchen seiner Pfeife verbracht. Take it! You know, you are welcome. Doña Eusebia wird alles herrichten. Ich fahre morgen oder übermorgen in meine Diözese. Das unruhigste Eck von Paraguay. Landlose, rebellische Campesinos und ich, der linke Bischof, der sie in ihrem Kampf unterstützt. Das wäre eine interessante Erfahrung für dich! In meinem Auto ist noch Platz.«

Ehe Regina das Gehörte richtig einordnen konnte, war sie auch schon verabschiedet. In dem winzigen Zimmer, das ihr Doña Eusebia angewiesen hatte, drehte sich ein Ungetüm von einem Deckenventilator und zermalmte die stickige Luft zu heißen, breiigen Schwaden. Draußen auf dem Hof war ein Badehäuschen. Aus der Brause, die aus einem Regenwassertank gespeist wurde, kam warmes, braunes Wasser.

Keineswegs erfrischt kehrte Regina in ihr Zimmer zurück, ließ sich auf das Bett fallen und schlief augenblicklich ein. Sie träumte von einem Posaune spielenden Engel, einem Bischof mit schwarzem Bart und von einer Königin inmitten von Blau und Gold, die einem König in einem offenen Sarg entgegenschritt. Als sie erwachte, war es neun Uhr abends. Regina beschloss, weiterzuschlafen.

—

Es war noch sehr früh, als Regina aufstand und das Haus verließ. Ziellos schlenderte sie die leicht abschüssige Straße entlang und erreichte eine offene Plaza. Da sah sie ihn: den gewaltigen Fluss, im Morgenlicht rötlich leuchtend. Gleißende Schaumkronen tanzten auf der Wasserfläche. Der Río Paraná! Am gegenüberliegenden Ufer eine Skyline mit Hochhäusern. Das argentinische Posadas. Der Fluss die Grenze. Menschentrauben im Hafen, von dem überfüllte Fährboote ablegten, während vom anderen Ufer ebensolche Boote ihre glitzernde Wellenspuren Richtung Encarnación zogen. Regina bekam Lust mitzufahren, doch dann nahm sie das lebhafte Markttreiben in den hafennahen Straßen gefangen. Sie schwelgte in der Überfülle von Gerüchen und Farben, stürzte sich ins Gewusel von Menschen und zweirädrigen Karren, horchte auf die Musik des fremdartiges Idioms, einer mit spanischen Brocken vermischten Indianersprache. Sie kaufte wilde Mangofrüchte, verzehrte sie ungewaschen. Goldgelber Saft troff ihr übers Kinn. Sie biss in dunkelrote Scheiben von Wassermelonen, probierte die kleinen Chipa-Brote, die herrlich dufteten, außen knusprig und innen kaugummiweich waren. Viele der zweirädrigen Pferdekarren mit Stoffdach waren Taxis und Regina ließ sich mit einem von ihnen zurück zum Hafen kutschieren. Außer ihr stiegen noch zwei Marktfrauen mit großen, prall mit Tomaten gefüllten Körben ins schmale Wägelchen. Als der Kutscher des altertümlichen Gefährts ein Handy aus der Hosentasche zog, ans Ohr hob und wie Gewehrsalven platzende Guaraní-Laute hinein schrie, war Regina derart verblüfft, dass sie das laute Rufen neben dem Wägelchen fast nicht wahrnahm.

Jorge, Georg Friedrich Krüger mit der blonden Mähne! Beinahe wäre er dem Kutscher in die Zügel gefallen. Das Pferd scheute, der Kutscher zeterte, Jorge schien das nicht zu kümmern. Er holte Regina mit solcher Bestimmtheit vom Wägelchen herunter, dass ihr keine Wahl blieb.

»Wir fahren, meine Schöne! Schnell, komm mit!« Regina schüttelte energisch ihren Wuschelkopf. So leicht war sie nicht zu überrumpeln!

»Wir können mit Monseñor Claudio nach Norden fahren«, drängte Jorge, »er wartet nur noch auf dich!«

Reginas Herz klopfte schneller. Fährboote und die argentinische Stadt waren vergessen.

Ein Pritschenwagen stand vor dem Haus des Bischofs, ein halbes Dutzend Menschen hatte es sich auf der offenen Ladefläche bequem gemacht. »Ich muss noch meinen Rucksack holen«, fiel Regina ein. Sie lief los, kam nach wenigen Minuten atemlos zurück, wollte schon die Tür zum Beifahrersitz aufreißen – und erblickte durch das Fenster das bildschöne Gesicht einer Frau. Der Bischof am Lenkrad winkte Regina zu und deutete nach hinten. Kaum hatte Jorge sie auf die Ladefläche gehievt, rollte das Auto an. Man machte den beiden Gringos Platz, sodass sie sich an die Fahrerkabine lehnen konnten. Regina saß unangenehm hart und spürte jede Unebenheit der Straße im Steiß. Jorge setzte sich auf seine Reisetasche. Er schnappte sich Reginas Rucksack, um ihn ihr als Polster unterzuschieben.

»Nein, aufpassen, mach nichts kaputt!«, schrie sie.

»Was denn?« Jorge musste brüllen, um den Straßenlärm, die lauten Gespräche der Mitfahrer und das Signalhorn eines Bootes zu übertönen.

Regina zog den Rucksack an sich. »Andenken an meinen Großonkel, hab ich gestern bekommen!«, murmelte sie. Verwundert sah sie, wie Jorges Hand über den schwarzen Nylonstoff glitt, die Konturen der Pfeifentasche ertastend.

»Ein Buch?«

Regina schüttelte den Kopf und schaute rundum, wo sich mit jedem Kilometer neue, wunderschöne Bilder entrollten. Der Fluss, die sumpfgrüne Uferlandschaft auf der einen Seite, auf der anderen dichter Busch mit einzelnen mächtigen Bäumen, Reste des Urwalds. Grüne Felder in aufsteigenden Wogen, niedrige Häuser mit den gewölbten Mönch-Nonne Ziegeln gedeckt, davor rotviolett wuchernde Bougainvillea Hecken, haushohe Hibiskus Sträucher, ausladende Mangobäume. Menschen und Vieh in dösendem Gleichmut.

Jorge hatte seinen Arm um Regina gelegt und schien die Kurven zu nutzen, um sich enger an sie zu schmiegen.

Ziemlich dreist, fand Regina, aber nicht unangenehm. Da spürte Regina den Blick des jungen, indianischen Musikers, der mit seiner in Plastik eingehüllten Harfe zwischen den Campesinos auf der Ladefläche hockte. Mit flackerndem Blick sah er zu ihr hin. Oder zu Jorge. Oder zu dem, was zwischen ihr und Jorge passierte? Jorge ließ seinen Kopf sanft in die Beuge zwischen ihrer Schulter und ihrem Hals gleiten.

»Lass das!«, wehrte Regina ab, »siehst du nicht, wie wir angestarrt werden?«

Jorge seufzte theatralisch. »Das tut Yari immer, wenn mir jemand gefällt. Ich habe ihn von seinem Clan weggeholt. Weil er hochbegabt ist. Jetzt bin ich seine Familie und sein Idol. Er bewacht mich. Und diesmal ist es ganz schlimm, ich habe mich ernstlich verliebt! In die schönste Frau der Welt!« Jorge nahm Reginas Kopf in seine Hände und versuchte, sie zu küssen. Sie drehte sich instinktiv weg. Seine Leidenschaftlichkeit verwirrte sie, aber seinen letzten Satz fand sie so unhaltbar, so falsch, dass sie genau wusste: Diesem Mann würde sie nie vertrauen.

Regina war es immer suspekt gewesen, wenn ihr ein Mann gesagt hatte, dass sie schön sei. Als Kind war sie viel gehänselt worden wegen ihres Aussehens. Ihr größter Wunsch – und das bis heute – war es, ganz normal auszusehen. So wie ihre kleine Schwester Sabrina oder wie die Katharina vom Nachbarn.

»Drahtwaschel mit Kuhaugn!«, hatten ihr die Kinder nachgeschrien. Nur Patrick, Katharinas Bruder, hatte sie nie verspottet. Einmal, er war dreizehn und Regina elf, hatte er es mit einer ganzen Bande von Kindern aufgenommen, die ihr den gefürchteten Spottnamen nachriefen und sie mit stinkenden Drahtwascheln aus allen Küchen des Dorfes bewarfen. Blindwütig hatte Patrick alle verdroschen, auch die Größeren, nicht ohne selbst Blessuren abzubekommen. Danach wurde es ruhiger. An ihrem 14. Geburtstag hatte Regina sich die Haare glattziehen lassen. Jahrelang bearbeitete sie ihre Locken mit einem Glätteisen. Erst nachdem sie ihre Ausbildung als Kindergärtnerin abgeschlossen und eine Stelle gefunden hatte, ließ sie es bleiben. Damals ging sie bereits mit Patrick, wie man im Dorf sagte. Das war wie von selbst gekommen. Ihm konnte sie vertrauen.

Immer schon wollte Regina wissen, weshalb sie als einzige in ihrer Familie, als einzige in ihrem Dorf, so anders aussah. Einmal hatte eine Malerin im Dorf Urlaub gemacht. Entzückt von ihrem Gesicht hatte sie Regina porträtiert, dabei die exotische Note noch verschärft. Das Bild war in einer Ausstellung in der Bezirksstadt zu sehen gewesen. Wie peinlich!

Regina dachte an den Mann am Lenkrad, an den Bischof. Der hatte gleich eine Ähnlichkeit zwischen ihr und dem Großonkel erkannt. Jetzt konnte der Großonkel ihr nichts mehr über das Familiengeheimnis erzählen. Vielleicht hätte auch er ihr über die Braue gestrichen, so wie der Bischof gestern. Nein, verkehrt, Monseñor Claudio hatte ihr an seiner eigenen Braue demonstriert, wer sie war. Sonst nichts.

»Wer ist denn die Frau auf dem Beifahrersitz?«, wandte sie sich an Jorge, der den Gekränkten spielte.

»Doña Esperanza, sie ist hochschwanger, darum darf sie vorne sitzen. Sie will nach Villarrica ins Spital.«

Regina konnte ein erleichtertes Auflachen nicht unterdrücken. Jorge nutzte diese Anwandlung von Heiterkeit und fragte betont liebenswürdig, was sie denn geerbt habe.

»Nichts Besonderes ...« Ehe sie den Satz zu Ende sprechen konnte, bog das Auto scharf rechts auf eine Sandstraße ab und augenblicklich waren sie in eine dichte Staubwolke gehüllt. Regina verschlug es den Atem, hechelnd versuchte sie, Luft zu bekommen. Sie griff sich ins Haar. Steif standen die Löckchen ab. Drahtwaschel!

»Die Schwangere muss es eilig haben«, meinte Jorge hustend. »Wir nehmen die Abkürzung.«

Nach und nach wurde die Landschaft eintöniger: Weideland mit Zebur-Rindern. Zwei Stunden ging es in halsbrecherischer Geschwindigkeit über Stock und Stein. Regina schloss die Augen und spielte sich die Bläserversion des *Einzugs der Königin von Saba* vor. Danach *Tochter Zion*, dann das *Halleluja* aus dem *Messias*. Später steirische Polkas und Walzer, Tänze und Schuhplattler, das ganze Repertoire der *Schönegger Tanzlmusi*. Sie konnte das. Schon immer. Sie war fähig, sich jedes ihr vertraute Stück ins Gedächtnis zu rufen und abzuspielen wie eine CD. Ihr Musikschullehrer hatte sie angefleht, doch Musik zu studieren. Aber Regina gefiel die Kindergartenarbeit und sie liebte die Volksmusik. Ihre

Okarina hatte sie selbst hergestellt, auf der Harfe konnte sie stundenlang improvisieren, sie genoss es, mit Patrick zu musizieren. Mehr wollte sie nicht.

Mit fest geschlossenen Augen und paniert in rotbraunen Staub nickte sie ein. Als der Wagen scharf bremste, sah sie ein unschönes, unverputztes Gebäude vor sich. *Hospital Regional de Villarrica.* Monseñor Claudio sprang aus dem Wagen und stützte die Frau vom Beifahrersitz auf dem Weg ins Spital. Als er zurückkam, hoffte Regina, in die Fahrerkabine umsteigen zu dürfen, aber der Bischof rief einen der mitfahrenden Campesinos zu sich.

Von jetzt an ging es nordwärts über eine neue, kurvenlose, oleandergesäumte Asphaltstraße. Sie passierten Sojafelder, Zitruspflanzungen und grünes Weideland. An einer Straßenkreuzung hielten sie an, die Campesinos kletterten von der Ladefläche und bedankten sich. Regina, Jorge und Yari blieben allein zurück. Kein Staub, kein Holpern, eine gute Gelegenheit zum Reden. Jorge werde ihr von seinem Orchester erzählen, hoffte Regina, von Händel und von der Musik der Guaraní-Indios.

Doch Jorge wollte anderes. Er legte ihr besitzergreifend den Arm um die Taille und sagte drängend: »Zeig mir, was du im Rucksack hast!«

»Sei nicht so gierig!« Regina lachte. »Es ist eine Pfeifentasche, mit nichts als zwei Pfeifen.«

»Gib her!«

Jorge zog den Rucksack zu sich und griff hinein.

»Die kenne ich«, sagte er, »einmal durfte ich mitrauchen.«

Regina zuckte die Achseln. Hastig klappte Jorge die Pfeifentasche auf und machte sich am Täschchen für den Tabak zu schaffen. Es war leer.

»Gute Arbeit«, murmelte er. Seine schmalen Finger glitten über den oberen Rand.

»Da!«, schrie er auf. Zeigefinger und Daumen griffen in einen fast unsichtbaren Schlitz und zogen an einem Pack dünner, eng beschriebener Blätter.

In diesem Moment jaulten die Bremsen auf, zugleich fielen zwei Schüsse. Der Wagen geriet ins Schleudern, raste in den Straßengraben. Regina flog in hohem Bogen durch die Luft.

―

Als Regina aufwachte, spielte ein Blasorchester die Ouvertüre zu Händels Feuerwerksmusik. »Zuviel Posaunen und Trommeln. Mein armer Kopf!«, konnte sie noch denken, dann war sie wieder weg.

Das Trommeln setzte erneut ein und von Weitem hörte sie jemanden rufen: »Monseñooor! Die Gringa wacht auf!«

Keine Trommeln, konstatierte sie, aber Explosionen von Schmerz. Da beugte sich das Gesicht mit den dunklen Brauen und den guten Augen über sie, und die letzten Funken Händelscher Musik verglommen in ihrem Kopf.

»Como estás?«, fragte Monseñor Claudio.

Sie lag in einem großen Krankensaal, alles tat ihr weh, dennoch war ihr wohl. Sie nickte nur.

»Die Heilige Jungfrau hat dich beschützt«, sagte der Bischof mit Überzeugung. »Du bist in einen Oleanderbusch geflogen und deshalb nicht so hart aufgeschlagen.«

Regina wühlte in ihrer Erinnerung und stieß auf zwei kurze Kracher hintereinander. »Schüsse?«

»Sie waren für mich bestimmt. Tut mir leid für euch alle.«

»Jorge?«, fragte Regina besorgt.

»Verletzt, so wie du, eine Reihe geprellter Rippen, Gehirnerschütterung. Alle leben. Der Oleander hat euch gerettet.« Bischof Claudio lächelte. »Yari, das Leichtgewicht, hing kopfüber im Busch, ihm ist gar nichts passiert! Er trauert nur um seine Harfe. Die ist dahin. Mein Freund Ernesto«, sagte der Bischof bekümmert, »ist am schlechtesten dran. Der erste Schuss zerschmetterte ihm die linke Schulter, vom Aufprall hat er schwere innere Verletzungen davongetragen. Morddrohungen sind mir nichts Neues, ich bin daran gewöhnt. Aus Vorsicht hatte ich Ernesto gebeten, auf den Beifahrersitz zu kommen und aufzupassen, ob er etwas Verdächtiges sieht. Aber es ging so schnell und diesmal war es ernst. Jetzt mache ich mir Vorwürfe.«

»Und Sie, Monseñor?«

»Mach dir keine Sorgen. – Hier, für dich, das lag im Gras. Es gehört dir.«

Es war die Pfeifentasche.

»Dios te bendiga – Gott segne dich«, sagte der Bischof noch, zeichnete Regina ein Kreuzzeichen auf die Stirn und ging. Er hatte ihr Gesicht berührt! Regina schloss glücklich die Augen.

Sie konnte nicht wieder einschlafen. Rund um sie Geseufze, Gestöhne. Geschnatter in der ihr unbekannten Sprache. Fast alle der Frauen in den Betten neben ihr hatten Besuch von ihren Angehörigen. Auch Kinder rannten herum, quietschten und lärmten.

Drei Tage später schickte ihr der Bischof einen Wagen, um sie in die Bischofsresidenz zu bringen. Ein unverputztes, weitläufiges Haus, noch schlichter als der Bischofssitz von Encarnación. Regina bekam ein winziges Zimmer mit einem Ventilator, der ihr wie ein Föhn heiße Luft ins Gesicht blies. Ihre Haare waren noch immer dick eingestaubt. Steife Röllchen. Drahtwaschel! Sie bekam Tee aus den Blättern des Maracuja-Strauchs, er ließ sie bald wegdämmern.

Es war Nacht, als sie aus ihrem Halbschlaf auftauchte. Eine katzenhafte Bewegung neben ihrem Bett hatte sie jäh hellwach gemacht. Vor Schreck konnte sie nicht einmal schreien. Oh – es war Yari! Der würde ihr nichts tun! Behände öffnete er ihren Rucksack, holte lautlos die Pfeifentasche heraus und zog blitzschnell die Zettel aus dem verborgenen Fach.

In diesem Moment tauchte eine andere Szene in Reginas Gedächtnis auf: Jorges Finger, die gierig nach diesen Blättern griffen. Zwei Schüsse, das schlingernde

Auto. Sie flog durch die Luft. Dann – keine Erinnerung mehr.

Ehe Regina die Sprache wiederfand, war Yari weg. Wut und Enttäuschung stiegen in ihr hoch. Seufzend richtete sie sich auf, um aus dem Fenster zu blicken. Sekundenlang trat der Mond aus den Wolken und beleuchtete Yari, der durch das Geviert des Hofes huschte und durch die gegenüberliegende Tür verschwand.

Regina wollte ihm nach. Raus aus dem Bett! Ein scharfer Schmerz durchzuckte sie, nahm ihr den Atem. Der Kopf! Die Rippen! Mit vorsichtigen Bewegungen stand sie auf. Sie tastete sich über den dunklen Hof, merkte nicht, dass sie im Pyjama war. Sie fand die Tür, drückte die Klinke und stutzte: Jorge saß vorgebeugt im Bett, eine dünne Decke über den Beinen. Darauf breitete Yari die Notizblätter aus. Ertappt fuhren die beiden hoch und starrten Regina an. Jorge lachte trotzig auf. Yari machte sich wortlos durch die Tür davon.

»Um Gottes willen, Jorge, warum tust du das? Warum schickst du Yari in mein Zimmer, damit er mir diese Papiere stielt?«

Jorge hatte seine Fassung wiedergefunden. »Du siehst doch, dass ich es nicht selber tun kann!«

»Aber warum?«

»Notlandung im Oleanderbusch. Tut noch immer höllisch weh.« Er grinste.

Regina hatte nichts übrig für diese Art von Humor.

»Warum, zum Teufel, klaust du mir diese Pa...«, Regina verstummte. Da draußen war jemand! Kaum hörbare Schritte! Alarmiert drehte sich Regina um. Au! Die schnelle Bewegung schmerzte. Mit klopfendem Herzen beobachtete sie, wie sich die Klinke bewegte und die Tür vorsichtig aufgedrückt wurde. Im Türrahmen stand Bischof Claudio.

»Ach, ihr seid es«, sagte er erleichtert. »Ich hörte etwas und dachte schon, da will mir wieder jemand an den Kragen.«

Regina setzte zu einer Erklärung an. Dann stutzte sie entsetzt: Das kurzärmlige T-Shirt gab am linken Oberarm den Blick auf einen Verband mit bräunlich-roten Flecken frei.

»Ein glatter Durchschuss«, sagte der Bischof leichthin. »Den Kopf hat es nicht erwischt! Aber dein Kopf, Mädchen, muss noch geschont werden. Strenge Bettruhe!«

»Die Zettel!« Regina wies mit dem Kinn auf die Bettdecke.

Der Bischof bückte sich, sammelte sie ein und verstaute sie in seiner Jeanstasche. Vorsichtig nahm er Regina beim Ellbogen und führte sie über den Hof in ihr Zimmer zurück.

»Warum?«, flüsterte Regina und dann begann sich alles um sie zu drehen.

»Nicht umkippen, Mädchen!«, sagte der Bischof besorgt.

Regina musste sich hinlegen. Der Bischof zog den Sessel ans Bett.

Regina spürte ihre geprellten Rippen bei jedem

Atemzug. Doch sie wollte reden. Jetzt sofort. Dass sie keineswegs aus Verliebtheit in Jorges Zimmer gegangen sei. Dass der sich aufführe, als sei er verrückt nach ihr, in Wirklichkeit sei er nur hinter den Aufzeichnungen ihres Großonkels her. Hinter den Zetteln, die in der Pfeifentasche verborgen gewesen seien.

»Deswegen bin ich nach Paraguay gekommen«, flüsterte sie in flehentlichem Ton, »Ich hoffte, dass mir mein Großonkel den Schlüssel zur Aufdeckung des Familiengeheimnisses geben kann. Und jetzt? Das einzige, das mir geblieben ist, sind die Papiere in Ihrer Jeanstasche.«

»Welches Geheimnis?«, fragte Bischof Claudio. Seine Stimme war voller Mitgefühl.

»Wer ist schuld, dass ich nicht aussehe wie die anderen?«

Der Bischof blieb eine Weile stumm. Dann begann er zu sprechen. Wie einer, der sich zu einer unumgänglichen Entscheidung durchgerungen hat.

»Regina, schau mich an. Ich bin ein halber Indio. Ein Campesino-Kind aus der ersten Pfarre von Padre Andrés, deinem Großonkel. Ich lernte gut und hatte eine schöne Stimme. Padre Andrés ermöglichte mir eine profunde Ausbildung, zuerst in der Missionsschule, dann in Rom. Er wurde Bischof, ich ließ mich zum Priester weihen. Er galt als erzkonservativ, ich als revolutionär. Zum Erstaunen der Mitbrüder im Orden blieb er mir, dem halben Indio und linken Rebellen, immer ein väterlicher Freund und Förderer.

Es ist ungefähr ein Jahr her – ich war gerade erst

Bischof von San Isidro geworden –, als er mich auf ein Bier einlud. Gut gelaunt witzelte er über die Schaumkrone im Glas und meinte, dies sei seit vielen Jahren der einzige Schnee für ihn. Ihr habt doch jetzt Schnee bei euch daheim?«

Regina nickte und fürchtete, man höre ihr Herz klopfen.

»Ich lachte und sagte: ›Der Gringo aus Austria und der Indio aus Paraguay, ein seltsames Gespann!‹ Monseñor Andrés wurde ernst und erklärte, dass er genauso wenig ein reiner Gringo sei, wie ich purer Indio. Ich war überrascht. Na gut, ich bin nur ein Mischling mit Guaraní als Muttersprache – wie die meisten Paraguayos. Aber er? Kein Gringo? Dein Großonkel erzählte mir, dass sein Vater bei der kaiserlichen österreichischen Marine gewesen sei und eine italienische Schönheit mit exotischem Flair zur Frau genommen habe. Er, Andreas, sei erst ein Jahr alt gewesen, als seine Mutter bei der Geburt des Bruders gestorben sei.

»Meine Urgroßmutter?«

»Monseñor Andrés sagte, dass er sich nicht an sie erinnern könne. Er habe eine Stiefmutter bekommen, eine freundliche Österreicherin, in deren Heimat sein Vater, der brotlose Marineoffizier, nach dem Zusammenbruch der Monarchie eine Landwirtschaft betrieben habe. Erst bei seiner Priesterweihe hat Monseñor Andrés von seinem Vater unter der Aura des Beichtgeheimnisses erfahren, dass seine Mutter nicht nur eine *Welsche* gewesen sei, was schon schlimm genug gewesen wäre«, der

Bischof machte eine Pause und sah Regina an, »die Mutter sei außerdem das Ergebnis einer Verbindung eines italienischen Offiziers mit einer Abessinierin gewesen. Daher das fremdländische Aussehen.«

»Abessinien?«, fragte Regina, sie konnte mit diesem Begriff nichts anfangen.

»Das heutige Äthiopien, damals ein Kaiserreich und das einzige afrikanische Land, dem es gelungen ist, eine europäische Armee zu besiegen, und zwar die Italiener.«

Regina schaute den Mann, der ihr so Ungeheuerliches erzählte, entgeistert an. »Meine Urgroßmutter sollte eine Schwarze gewesen sein?! Nein, niemals!«

»Meine Tochter«, sagte der Bischof, und hinter der salbungsvollen Anrede blitzte der Schalk auf, »wir reden von der Mutter deiner Urgroßmutter. Du bist doch nicht etwa eine Rassistin? Du redest schließlich mit einem Indio, hmm?«

»Warum hat mir nie jemand davon erzählt?«, flüsterte Regina beschämt und fassungslos.

»Das habe ich deinen Großonkel nicht gefragt. Aber, dass dieses Thema zur Zeit des Faschismus ein Tabu war, kann man verstehen. Und später …« Bischof Claudio zuckte mit den Achseln.

Stille. Reginas Verstörung wandelte sich langsam in Begreifen. »Ich glaube, mein Großvater wollte es mir sagen. Er ist nur zu früh gestorben.«

»Nehmen wir an, eure Schwarze war eine abessinische Prinzessin. Wie die Königin von Saba, deren Reich in Äthiopien gewesen sein soll. Vor 3000 Jahren.«

Dieser Satz war für Regina wie das jähe Aufstrahlen von Morgenlicht, das den Schemen der Nacht Farbe und Figur gab. Die Königin von Saba, der Code für das Familiengeheimnis!

»Und Sie haben sofort …«

»Regina, in Paraguay duzt man jeden, auch den Bischof. Das kommt aus der Guaraní-Sprache!«

»Und du hast meine Ähnlichkeit mit ihm …«, Regina fühlte, wie sich ihr Gesicht mit Röte überzog, sie musste an den bischöflichen Finger denken, der in ihrer Einbildung liebevoll ihre Braue nachgezeichnet hatte, »… auf den ersten Blick erkannt und alles gewusst?«

Bischof Claudio sah sie besorgt an. »Ist das so schlimm?«

Regina schüttelte den Kopf. »Nein, nein. Jetzt ist mir leichter.« Trotzdem konnte sie ihre Tränen genauso wenig zurückhalten wie in der Bischofskirche in Encarnación.

»Warte. Mir fällt etwas ein! Ich bin gleich wieder da.«

Regina wischte sich mit dem Handrücken die Tränen aus dem Gesicht, zog ein paar Mal die Nase hoch und wartete.

Als der Bischof nach längerer Zeit zurückkam, schaute Regina enttäuscht auf das Buch in seiner Hand. Hatte er vor, ihr irgendetwas Erbauendes zum Trost anzubieten?

»Seit mir Monseñor Andrés von seinen äthiopischen Wurzeln erzählt hat, interessiert mich das Land. Schau dir das an, es ist ein Ausstellungskatalog. *Im Land der*

Königin von Saba. Ich war selbst dort, im Völkerkundemuseum in München.«

Regina setzte sich mit zusammengebissenen Zähnen auf und begann, im Buch zu blättern. Sie starrte auf ganzseitige Hochglanzfotos von Büsten und Fresken, die die Königin von Saba darstellten: überdeutlich geschnittene Partien mit großen runden Augen, feine lange Nasen, Haarhauben mit kunstvollen Röllchen.

»Das ist sie?«

Der Bischof blickte auf die Fotos, dann zu Regina und lächelte. »Scheint so.«

Wie schon beim ersten Mal, als Regina mit diesem Mann geredet hatte, fühlte sie sich auch jetzt gleichzeitig beglückt und dankbar. Bischof Claudio erhob sich rasch. »Buenas noches! Schlaf gut, Königin von Saba!« An der Tür drehte er sich noch einmal um. »Wusstest du, Regina, dass der arabische Name der Königin von Saba *Bilkis* ist? Buenas noches, Bilkis!«

Regina starrte auf die Tür, durch die der Mann verschwunden war, und in ihrem Kopf begannen Trompeten schwindelerregende Notengirlanden zu errichten, durch die die Königin von Saba auf einem prunkvollen Teppich von Streicherakkorden einherschritt. Die Augen fielen ihr zu, sie schlief tief und fest bis in den späten Vormittag.

Als sie beschwingt aufstand, wurde sie schmerzhaft daran erinnert, dass ihre Rippen schwer beleidigt waren. Alles schien zu sein wie gestern. Doch sie spürte: Sie war nicht mehr dieselbe.

Es dauerte eine Weile, bis Regina herausfand, dass sich in dieser Nacht noch mehr verändert hatte. Monseñor Claudio war weg. Nach einer weiteren Morddrohung hatte er keinen anderen Ausweg gesehen, als unterzutauchen. Die landlosen Campesinos in den Wäldern würden ihren Bischof verstecken und schützen.

Jorge war wieder auf den Beinen. Er kam in Reginas Zimmer und tat, als ob nichts vorgefallen wäre. Als er drängend nach den Blättern mit den Aufzeichnungen fragte, erinnerte sich Regina, dass sie immer noch in der Jeanstasche von Monseñor Claudio stecken mussten.

»Georg Friedrich«, sagte sie wütend, »haben deine Eltern dir nicht beigebracht, fremdes Hab und Gut zu respektieren!«

»Da war nichts Böses dabei«, meinte Jorge salopp, obwohl ihn der Vorwurf des Diebstahls sichtlich traf. »Monseñor Andrés war mein Freund, ich wollte ein paar Erinnerungen nachlesen. Am Morgen hättest du die Papiere wieder gehabt und nichts gemerkt.«

Regina war nicht geneigt, ihm das durchgehen zu lassen. Sie fand es besonders perfide, dass Jorge die Ergebenheit Yaris ausgenutzt hatte. Der junge Harfenspieler hatte sich nicht mehr blicken lassen. Aus Scham? Oder war er mit dem Bischof gegangen? Schade, sie hatte gehofft, sie könne sich von ihm zeigen lassen, wie man die paraguayische Harfe spielt. Es sollte nicht sein, er war verschwunden und seine Harfe zerbrochen.

Jorges Blicke schweiften unruhig umher. Es war ein Flackern in seinen Augen, das Regina nicht gefiel. So, als wäre er noch immer von einem bestimmten Gedanken besessen. Jorge kramte wie unabsichtlich herum und als er die Pfeifentasche in der Lade einer Kommode fand, langte er nach ihr. Erregt durchsuchte er sie. Das Geheimfach war leer. Enttäuschung und Wut standen ihm im Gesicht.

Regina konnte sich der Schadenfreude nicht erwehren. Dass sich die Blätter höchstwahrscheinlich in einer bischöflichen Jeanstasche irgendwo im Urwald befanden, und dass diese Zettel für sie nicht mehr so wichtig waren und warum, das würde sie Jorge verschweigen.

Dieser änderte seine Taktik. Er gab sich zerknirscht und zärtlich. Regina hatte noch nie jemanden erlebt, der sich so wortgewandt in Szene zu setzen verstand wie dieser blondmähnige Musiker.

Es gelang ihr endlich, Jorge abzuschütteln. Sie schlüpfte aus dem Hoftor. Erst jetzt wurde ihr bewusst, was für ein armseliges Städtchen dieses San Isidro war. Kein Asphalt, nur roter Staub. Die Bischofskirche ein einfacher Holzbau, daneben ein freistehendes Holzgerüst mit zwei Glocken. Die quadratische Plaza, nicht gepflastert. Hohe Palmen ragten über den Giebel der Kirche hinaus. Üppige Oleanderbüsche und in allen Rottönen wuchernde Bougainvillea. Eigentlich hübsch. Kein Autoverkehr. Regina setzte sich auf das Mäuerchen, das den Park umrandete. Der Schmerz in ihrer linken Seite erinnerte sie daran, dass es unter der hitzeträgen

Oberfläche des Siestafriedens brodelte: Unterdrückung, Aufruhr, Gewalt, Mord.

König Salomon, das hatte ihr die Mutter erzählt, wenn sie gemeinsam zur Kuppel der Kirche am Frauenberg aufschauten, hatte viele Völker unterworfen – nur das Reich der Königin von Saba nicht: Abessinien.

Bilkis, die Kluge, die Weise, die Schöne. Regina zog einen winzigen Taschenspiegel aus ihrer Jeanstasche und vertiefte sich in die Züge ihres Gesichts. Da fiel ein Schatten über sie, und als sie erschrocken aufschaute, hatte sich Jorge schon zu ihr gesetzt. Er begann, beschwörend auf sie einzureden. Er habe einen Entschluss gefasst, sagte er nicht ohne Theatralik, er wolle Regina zu Mitwisserin und Komplizin einer unglaublich interessanten Aktion machen.

Es hänge damit zusammen, dass er einmal – nur ein einziges Mal! – von Monseñor Andrés eingeladen worden sei, mit ihm gemeinsam Pfeife zu rauchen. Es sei eine seltene Auszeichnung gewesen. Der Bischof habe ihm damit für eine gelungene Händel-Aufführung gedankt. Der *Einzug der Königin von Saba* war es gewesen. Wortlos und gedankenvoll habe Monseñor Andrés an seiner Pfeife gesogen. Doch – er, Jorge, erinnere sich an die Szene noch ganz genau – im selben Augenblick, als die Sonne als rote Riesenscheibe hinter den Horizont sank, habe der alte Bischof mitten aus dem tiefsten Schweigen heraus gesagt: »Ich liebe Händel. Sehr. Wir haben in der Familie ein Autograph von Händel.« Er, Jorge, sei wie elektrisiert aufgesprungen bei dieser ungeheuerlichen Eröffnung. Aber der Bischof sei peinlich berührt gewesen von diesem Ausbruch und habe nie wieder davon gesprochen.

Jorge flüsterte heiser: »Regina, ein Händel-Autograph! Für mich! Also – für uns beide, wenn du mir endlich diese verflixten Aufzeichnungen gibst.«

Der fanatische Glanz seiner Augen wirkte abstoßend. »Mach dir nichts vor«, sagte Regina ungerührt. »Wenn mein Großonkel gewusst hätte, wo und wie in meiner Familie ein Schatz zu heben wäre, dann hätte er ihn zu Geld gemacht und das Geld für die Mission verwendet.«

»Regina, meine Königin, ich liebe dich doch!« Jorge neigte seinen Kopf dicht an den ihren; frisch gewaschen und nach Shampoo duftend fiel ihm seine Mähne über die Wangen.

»Jetzt wird er wieder pathetisch und zudringlich«, dachte Regina. Sie stand unwirsch auf und sagte mit einem gekünstelten Auflachen: »Ich habe schon einen Trompeter. Patrick heißt er. Und ich habe meine Musik. Die Volksmusik. Mehr brauche ich nicht. Morgen fahre ich nach Asunción.« Sie schaute in das hübsche Gesicht mit dem verrückten Glimmern in den Augen. »Als Musiker bist du fantastisch. Aber sonst? Nichts für mich! Adiós!«

Regina fuhr – mit schmerzenden Rippen – noch zwei Wochen quer durch Paraguay. Es war unkompliziert: Sie brauchte sich nur in den Missionsstationen des Ordens als Regina Wiesner vorzustellen, das garantierte ihr eine freundliche Aufnahme. Die Padres nahmen sie mit zu Campesino-Familien und zu den Stammesgemeinschaften der Indios. Regina lernte den Alltag der Armen kennen, den Hunger inmitten einer blühenden Vegetation. Sie erlebte die Angst und die Resignation im Angesicht massiver Unterdrückung und systematischer Ungerechtigkeit.

Hin und wieder meinte sie, Spuren der Rebellen wahrzunehmen, aber weil sie kein Guaraní verstand, blieb ihr nebelhaft, was an versteckter revolutionärer Agitation ablief. Manchmal fragte sie schüchtern nach Monseñor Claudio. Angeblich wusste niemand, wo er sich gerade befand.

Als Regina am Tag ihrer Abreise im Abfertigungsraum des Flughafens Asunción saß, fühlte sie sich reich beschenkt von dieser Zeit in Paraguay. Da hörte sie ein perlendes Glissando. Harfentöne. Im Aeropuerto Asunción war es Usus, die Fluggäste live mit landestypischer Harfenmusik zu verabschieden. Zart und durchsichtig und doch mit viel Gefühl intonierte ein dunkelhäutiger Harfenist *Recuerdos de Ypacarai*, das bekannteste Volkslied Paraguays. »Dónde estás ahora – wo bist du jetzt nur …«, summte Regina den Refrain mit. Ihr wurde es schwer ums Herz. Sie dachte an den Mann mit dem durchschossenen Unterarm, der für die Unterdrückten kämpfte; von dem niemand wusste, wo er sich gerade aufhielt. »Gute Nacht, Bilkis«, hatte er noch gesagt.

Dann war er verschwunden, mitsamt den Zetteln, nach denen Jorge so verrückt gewesen war.

Regina starrte auf die Harfe. Bilkis! Dieses Wort war doch am Fuß *ihrer* Harfe eingraviert. Der Name des Harfenbauers, hatte sie vermutet. Es war eine einfache Volksharfe – ein sehr altes Stück, hatte Großvater immer ehrfürchtig gesagt. Noch 28 Stunden, dann würde sie wieder ihre Finger über die Saiten gleiten lassen. Sie freute sich darauf.

Was, wenn Bilkis nicht der Name des Harfenbauers wäre, sondern ein Hinweis auf etwas Verborgenes? Auf ein Geheimnis, das unter dem Decknamen *Königin von Saba* über Generationen weitergereicht worden ist? Eine verrückte Idee!

Der Flug nach Sao Paulo wurde aufgerufen. Regina, die unter Flugangst litt, vergaß ihre aufregenden Fantasien und zitterte bis Sao Paulo, wo sie die Abfertigung der Lufthansa-Maschine nach Frankfurt im Laufschritt gerade noch vor der Schließung erreichte. Den Langstreckenflug verschlief sie mit Hilfe des grünen Pulvers aus getrockneter Maracuja, der Mburucuya, wie sie die Indios nennen. Bilder stiegen in ihr auf: Sie, am Mercado in Encarnación, den Saft aus der Maracujafrucht saugend. Sie, verletzt im winzigen Zimmer von San Isidro, auf dem Nachtkästchen der Krug mit dem einschläfernden Maracujatee. Sie, Mate trinkend unter reichblühenden, betörenden Geruch verströmenden Maracuja-Lauben vor den Hütten der Campesinos. Als Leiden-Christi-Stöckl war diese tropische Ranke in gebändigter Form in ihrer Kindheit noch in jedem Bauernhaus mit viel Aufwand gezogen worden; die Staubgefäße in den Blüten sind wie die Marterwerkzeuge auf alten Kreuzdarstellungen geformt: Passiflora.

Auf der Strecke Frankfurt-Graz saß Regina in einer kleinen Fokker, die unruhig und außergewöhnlich niedrig flog. Aufgeregt vor Flugangst und Freude blickte sie durchs Fenster auf die verschneite, heimatliche Hügellandschaft. Ob ihre Mutter und ihre Schwester am Flughafen warteten? Und Patrick?! Ein warmes, inniges Gefühl von Zugehörigkeit stieg in ihr auf. Sie würde wieder mit der *Schönegger Tanzlmusi* aufspielen. Sie würde wieder mit den Kindergartenkindern lachen. Paraguay war unendlich weit weg. Sie durfte nur nicht vergessen, den Dorftischler zu bitten, vorsichtig den Boden am Fuß ihrer Harfe zu lösen.

Nur, um nichts zu versäumen.

Das Händel-Autograph wurde im ausladend geschwungenen Fuß von Reginas Harfe gefunden. Ein verborgener Mechanismus hatte sich unter dem nachdrücklichen Abtasten des Schriftzugs *Bilkis* kaum wahrnehmbar bewegt. Unter den Händen des Dorftischlers war eine Öffnung zum doppelten Boden des Instruments aufgesprungen. Die Noten auf den zusammengefalteten, brüchigen Blättern konnten als eine zusätzliche Harfenstimme identifiziert werden, die der zwölfjährige

Händel zu einer Kantate seines Kompositionslehrers Zachow geschrieben hatte.

Die Expertise hatte monatelang gedauert. Die Versteigerung könnte einen sechsstelligen Eurobetrag einbringen, wurde Regina gesagt.

Regina wollte nur ein Drittel des Erlöses für sich behalten.

Ein Drittel sollte Musik werden. Trompeten, Posaunen, Hörner, in deren messingfunkelnder Oberfläche sich das Licht der paraguayischen Sonne bündeln würde. Reginas Kopf war voll von Bildern und Musik. Jedem Kind ein Instrument! Georg Friedrich Händel höchstselbst würde mit seiner eigenen Hand diese Vision eines hoffnungsvoll nach ihm benannten jungen Musikers aus Halle in einem südamerikanischen Land verwirklichen helfen. Georg Friedrich Krüger, Maestro Jorge, sollte nichts über den Ursprung der Geldspende für sein Jugendorchester in Encarnación erfahren. Einzige Bedingung: Zwei oder drei wunderschöne Harfen aus Urwaldholz mussten unter den neuen Instrumenten sein.

Die Bestimmung des letzten Drittels würde Reginas Herzensgeheimnis bleiben. Selbst bei Patrick dürfte sie mit ihrem Plan auf Unverständnis stoßen, seitens ihrer dörflichen Umgebung müsste sie mit Anfeindungen rechnen. Wenn sie schon glaubte, großzügig sein zu müssen – so würde man ihr sicher nahelegen –, dann sollte sie doch für Waisenkinder spenden oder für die Mission. Jedenfalls nicht für revolutionäre Kleinbauern in Paraguay. Regina hatte weder den Autounfall vergessen, noch die tiefliegenden Augen und die aufgeblähten Bäuche der Campesino-Kinder. Trotz ihrer prekären Sprachkenntnisse hatte sie beim Mateschlürfen mit den gastfreundlichen Campesino-Familien Scham und Zorn über die Ärmlichkeit empfunden, das Elend gesehen und irgendwann begriffen, dass der Widerstand der Männer, die ihre Familie nicht ernähren konnten, weil ihnen Ackerland verwehrt wurde, einen Namen hatte: Campesinos Unidos por Tierra y Libertad. Dieser, und nur dieser Organisation besitzloser Campesinos, wollte Regina das letzte Drittel des erhofften stattlichen Betrags aus der Versteigerung des Händel-Autographs zukommen lassen. Es würde gewiss nicht leicht sein, mit den Besitzlosen Verbindung aufzunehmen. Nach jeder spektakulären Blitzaktion zogen sich die Campesinos wieder in unwegsame Urwaldgebiete zurück. Dem Militär war es nie gelungen, die Rebellen aufzuspüren. Regina hatte es im Internet verfolgt. Auch, dass eine hohe Kopfprämie auf den charismatischen Führer dieser Ärmsten unter den Armen ausgesetzt war. Auf Claudio Fernandez, einem ehemaligen Ordensmann, der für den Kampf um Gerechtigkeit sein Bischofsamt niedergelegt hatte.

ANNA ALDRIAN

Geboren 1945 in der Steiermark, studierte Philosophie, Psychologie und Geschichte in Graz. Nach kurzer Lehrtätigkeit arbeitete sie über 30 Jahre in Südamerika (Ecuador, Honduras, Bolivien, Paraguay, Argentinien, Uruguay) in Sozialprojekten und Schulen, überwiegend in Planung und Personalentwicklung bei einer internationalen Entwicklungshilfe-Organisation. Heute lebt sie mit ihrer multikulturellen Familie auf einem kleinen Bauernhof mit Weingarten in der Heimat, schreibt Erzählungen und Kurzkrimis, die geografisch in Österreich und Südamerika angesiedelt sind und musikalische und kulinarische Schwerpunkte haben. Veröffentlichungen in Literaturzeitschriften und im Österreichischen Rundfunk.